Dicke Liebe

Irrwitzige Kriminalstories

Von Peter Bergmann

Impressum
Dicke Liebe – Irrwitzige Kriminalstories
Autor: Peter Bergmann
Kontakt: pbergmann@aon.at

2. Ausgabe 2016

ISBN: 978-3-9503800-8-8

www.peter-bergmann.at

Weitere Bergmann-Krimis

Der Berufserbe – Chefinspektor Falks Sündenfall
Der gelbe Gladiator – Chefinspektor Falks Fingerfall
Die Melodie der Walnuss – Chefinspektor Falks Hexenfall
Das Möbiusband – Chiara Fontana
Tore des Bösen – Kärnten-Thriller
Die Leiche ist halb durch – Krimiparodie
Das Massengrab hat Hunger – Krimiparodie

Inhalt

Dicke Liebe

„Gottverdammtes Vieh!", fluchte Mac Gregor. Er lag im Bett, neben sich eine Flasche, aus der er in regelmäßigen und kurzen Abständen soff.

„Gottverdammtes Vieh!", wiederholte er in einer Mischung aus Verachtung, Abscheu und aufgestörter Langeweile. Die Wespe, die surrend über die dreifach gesprungene Scheibe kroch, reagierte nicht darauf.

In der Küche saß Mac Gregors Frau Nelly. Sie war rosig wie ein junges Schweinchen und dick wie ein altes. Nelly aß auf ökonomische Weise ein Brötchen von der Größe eines kleinen Fußballfeldes und bebrütete nachlässig Gedankenfragmente, die sämtlich um die Frage kreisten, wie sie Mac Gregor loswerden konnte, ohne dafür allzu teuer zu bezahlen.

„Nelly!", schrie Mac Gregor. „Da 's 'n verdammte Wespe!" Nelly schob gemächlich den letzten Bissen in ihren kleinen, unersättlichen Mund, ehe sie langsam ins Wohnschlafzimmer stampfte, graziös anzusehen wie ein Kugelfisch am Debütantenball der Seenadeln. Sie war beim Anziehen noch nicht über ein schwarzes Höschen, den mintfarbenen Strumpfbandgürtel und die durchbrochenen weißen Strümpfe hinausgekommen. Ihre gewaltigen Brüste rollten wie überladene Frachter in der Dünung. Nelly hatte in ihrer Bewegung entschieden etwas Maritimes. Sie griff nach einer mehrfach zusammengelegten, fleckigen Zeitung. ‚Braut kur' prangte als Restschlagzeile unter einem halbierten Wirtschaftsartikel.

„Kur ... was?", dachte Nelly zerstreut. Die Wespe hatte das Fenster schon mehrfach entlang des rissigen Holzrahmens umrundet und schickte sich eben an, das auf ein Neues zu tun. Aus ungeklärtem Grund ließ sie dabei ihre Flügel ständig wie unmittelbar vor dem Abflug schwirren. Es war dieses Geräusch, das Mac Gregor gestört und zu seiner Intervention veranlasst hatte. Das prächtig schwarzgelb gegürtete Insekt starb den Sekundentod. Sein Trauermarsch bestand im lakonischen „Peng!" Nellys, vorgetragen im Moment des Schlages. Mac Gregor verfolgte die Aktion und erlitt angesichts Nellys halbnackter Massen eine Anwandlung von Zärtlichkeit.

„Komm her!", befahl er. Nelly folgte mit geringster Begeisterung. Er streichelte ihre Oberschenkel, die in wahren Fleischkaskaden, von den Strümpfen kaum gebändigt, bis zu ihren Mehrfachknien abfielen. Mac Gregor gab sich dabei alle Mühe, ein recht nettes, ehrliches, Nelly sowie der Situation gerecht werdendes Kosewort zu finden. Seine idealistischen Anstrengungen gipfelten in einer gekrächzten Einladung: „Komm' schon, Rollbratl."

Nelly lächelte schwach geschmeichelt und ließ seinen Drang über sich ergehen. Viel hatte sie nicht zu ertragen. Nach einer, von seiner Seite mühsam durchschnauften Minute, zog sie ihr Höschen gelangweilt wieder hoch und kehrte in die Küche zurück. Die Zeitung nahm sie mit, in der Absicht dem Schicksal der ‚Braut kur' nachzuspüren. Mac Gregor wandte sich gekränkt der Flasche zu, mit der ihn immerhin rein geistige Interessen verbanden, wohltuend entfernt von aller Fleischeslust und Fleischesschwäche.

Zwischen Kaffeespritzern und den Rückständen zerquetschter Wespen enthüllte sich Nelly die mutmaßliche Tragödie der Braut. "Braut kurz vor Hochzeit weg", lautete die vollständige Schlagzeile und bestätigte, dass es die Diktion ist, die die Leitartikler unter den Schreibkünstlern hervorhebt.

Um viele gefühlvolle Details reduziert, bestätigte der Artikel den Informationsgehalt seiner Überschrift. Erweitert um die Erkenntnis, dass der Vorfall in jeder Hinsicht rätselhaft erscheine.

Bar aller Sentimentalität dachte Nelly, dass das Los der Braut – was immer der zugestoßen sein mochte – kaum schlimmer sein konnte als ihr eigenes, denn ihr war die Flucht von Mac Gregors lahmer Seite nicht rechtzeitig geglückt.

Plötzlich, mit der Heftigkeit eines Vulkanausbruchs, schossen Tränen über Nellys Wangen, netzten ihren Busen und versiegten in der Zeitung, alle gleichzeitig beweinend: Braut, Bräutigam und Redakteure, Nelly und Mac Gregor, erschlagene Wespen und verspritzten Kaffee. Der hässliche Geschirrschrank, das verwaschene Tischtuch, die vor sich hin rostende Abwasch, in der sich schmutzige Teller zu schmutzigen Türmen stapelten, sie alle waren um und in Nelly, untrennbar verbunden mit ihr und dem Mann, der nebenan im zerwühlten Bett lag, trank und schlief, eingesponnen in unentwirrbare Nebel, die seine Gedanken in die Irre gehen ließen wie Kinder im nächtlichen Märchenwald.

Nelly tröstete sich mit einem doppelt belegten Fußballfeld-Brot. Eine unfertige Idee, die Ahnung eines noch fernen Gedankens, etwas also kaum Greifbares begann ihr Gehirn zu beschäftigen, während sie mechanisch abbiss, kaute und schluckte. Irgendwie hatte der unstete Gedankenembryo mit der verschwundenen Braut zu tun. Als Nelly die Assoziation endlich zu fassen bekam, erschauerte sie im zwiespältigen Gefühl des Entsetzens und Entzückens bis in die äußersten Wülste ihres Leibes, die darunter wie weiches Aspik erzitterten. Die Assoziation, im Grunde einfach, weitreichend jedoch in ihren Konsequenzen, stellte sich im Ergebnis als Schlussfolgerung dar. Der Schluss lautete: Wenn es möglich ist, dass eine Braut unmittelbar vor der Hochzeit verschwindet, müsste eigentlich auch das Verschwinden eines Ehemannes nach derselben möglich sein. Und gerade darauf zielten Nellys sehnlichste Wünsche ja ab. Doch zwischen Wunsch und Wirklichkeit klaffte ein tiefer Abgrund. Wer konnte die Brücke schlagen außer Nelly? Mac Gregor zur Mitarbeit zu bewegen war ein hoffnungsloses Unterfangen. Ihm genügten sein Bett und Nellys Pflege, aber wie bei jeder auf engste Verhältnisse beschränkten Welt, war ihm beides auch vollkommen unverzichtbar. Selbst zu verschwinden – das schied Nelly aus. Die kleine Wohnung war in all ihrer Schäbigkeit alles, was sie besaß. Nelly verfügte über genügend Selbsterkenntnis, um zu wissen, dass sie, verlöre sie diesen einzigen Halt, rasch bis zum Elend der Straße herabsinken würde, vermutlich in der Obhut noch weit schlimmerer Mac Gregors. Die Wahl zwischen dem Verzicht auf ihn und dem auf ihre Wohnung stellte sich ihr darum gar nicht.

„Nelly!", plärrte Mac Gregor aus dem Hintergrund, „Bring' wassu trink'n!"

Auf Mac Gregor zu verzichten war unzweifelhaft ein Verzicht mit dem inneren Wesen eines Gewinns. Blieb das Problem, wie seine eindeutig unerträgliche Gegenwärtigkeit in eine ebenso eindeutige und endgültige Abwesenheit umzuwandeln war.

„Da 's schon wieder so 'n gottverdammte Wespe!", brüllte Mac Gregor. „Wo 's 'n die Flasche, du fettes Aas?"

Wieder überfiel Nelly eine Assoziation, diesmal mit der Wucht einer göttlichen Eingebung, wenngleich es sich schwerlich um eine des Gottes der Liebe handelte. Sie entkorkte die vorletzte Schnapsbuddel, streifte einen Lederhandschuh über ihre linke Hand, und betrat leise das Schlafzimmer. Mac Gregor hatte die Augen geschlossen und summte eine jener Melodien, die in seinem Kopf auftauchten und verschwanden gleich flüchtigen Phantomen. Nelly wandte sich zum Fenster und eröffnete den stummen, zähen Kampf mit der Wespe, die sich partout nicht von ihren plumpen Fingern ergreifen und in den schlanken Flaschenhals zwingen lassen wollte.

„Die Flasche!", brüllte Mac Gregor, ohne die Augen zu öffnen. Er glaubte Nelly immer noch in der Küche. Im selben Moment gelang ihr das ebenso wespen- wie Mac-Gregor-verachtende Vorhaben, aber sein Schrei erschreckte sie so sehr, dass ihr der glatte Glaskörper beinahe entglitten wäre, was nicht nur alles zunichte gemacht, sondern auch Mac Gregors unheiligen Zorn heraufbeschworen hätte. Irgendwie bekam sie die Flasche doch noch zu fassen. Vor Aufregung am ganzen Körper bebend, trat sie ans Bett.

„Da!"

Die Wespe unternahm verzweifelte Versuche, sich aus der scharfen Flüssigkeit zu befreien. Wie Nelly es erwartet hatte, blinzelte Mac Gregor lediglich halbblind nach dem Ziel seiner Wünsche, drückte es entschlossen gegen seine Lippen und ließ den Fusel ohne zu schlucken in seine Kehle rinnen, so wie nur technisch ausgereifte Trinker es fertigbringen. Die Wespe schwamm mit dem Strom und Nelly, vor Anspannung knallrot im Gesicht, biss fest in ihren Handrücken, um den aufsteigenden Schreckensschrei zurückzuhalten.

Mac Gregor ließ die Flasche sinken, rülpste und sonderte weitere Laute ab, die nichts als Zufriedenheit kundtaten. Keine Rede jedenfalls von dem erhofften Stich in sein Halsinneres und dem sich daraus ergebenden, vermutlich tödlichen Erstickungsanfall. Die Wespe hatte schmählich versagt. Nelly brach ob so viel Hinterlist wiederum in Tränen aus, diesmal in solche des Zorns, und rannte aufschluchzend in ihre Küche. Mac Gregor kümmerte sich nicht darum.

Was sich in Nelly während der kommenden Stunden abspielte, ist für den braven Bürger, der sich selten in einer vergleichbaren Situation befindet, nur schwer nachzuvollziehen. Für diejenigen, die Logik und Konsequenz des Denkens wie einen Fetisch über ihr Leben gestellt haben, muss Nellys Martyrium ohnehin unbegreiflich bleiben. Wie ja ausschließlich verstandesbetonte Menschen im Begreifen niemals zur ersten Garnitur zählen, dies aber konsequenterweise nicht verstehen. Hinter Nellys Stirn tobten in völliger Aufhebung zeitlicher Zusammenhänge so gegensätzliche Empfindungen wie tiefe Enttäuschung über den Fehlschlag und nicht minder tiefe Reue über den Versuch, katastrophale Pläne bezüglich einer Wiederholung des Attentats, und abgründiges Entsetzen, daran auch nur zu denken; mörderischer Hass auf die Welt und im Zentrum dieses Hasses geborgen, eine seltsam verklärte Liebe zu ihr; das erdrückende Bewusstsein der Last ihres, dem Verfall anheimgegebenen Körpers und des Fleisches als der merkwürdigsten Blüte von Seele und Geist. Sie litt die Qualen einer Heiligen auf dem Wendepunkt und beschloss (was eine Heilige bestimmt unterlassen hätte) Rosi zu Hilfe zu rufen. Rosi war Nellys einzige Freundin, wohnte im Nachbarblock und arbeitete im selben Supermarkt wie sie. So wie Nelly vornehmlich im Lager und unter der ständigen Drohung, gekündigt zu werden. Der Leiter des Marktes erwog nämlich gelegentlich die Theorie, dass der Anblick übermäßig dicker Angestellter manchem Kunden die Lust zum Griff ins Regal vermiesen könnte.

Rosi war wenigstens so fett wie Nelly. Bereitwillig eilte sie herbei, als diese darum bat. Und Nelly, ihrer Sinne kaum noch mächtig, schüttete Rosi ihr Herz aus. Von den Schrecken des Zusammenlebens mit Mac Gregor, dem angestauten Verdruss, dem ständig drohenden Absturz in noch tiefere soziale Abgründe, dem unwürdigen Zur-Verfügung-Stellen ihres Körpers bis zu dem daraus resultierenden Mordversuch, der noch dazu misslungen war.

Rosi hatte den letzten, den ihr neuen Teil der Geschichte, mit angehaltenem Atem mit verfolgt. Jetzt trieb ihr die Erleichterung über Nellys Fehlschlag Tränen in die Augen. Gleichzeitig begriff Rosi, dass sie handelnd eingreifen musste – und zwar sofort.

Rosi trug ein ärmelloses Kleid. Sie legte ihren fetten, wabbeligen, weißen Unterarm auf den Tisch und zog eine Stecknadel aus ihrer Handtasche.

„Schau genau her", befahl sie in beschwörendem Ton, setzte dann die Spitze der Nadel an und trieb sie langsam, Speckschicht für Speckschicht ihres Armes durchbohrend in ihr Fleisch, bis nur mehr das gelbe Glasköpfchen der Nadel über die blutbesudelte, rote Haut ragte. Nelly war paralysiert. Sie konnte ihren entsetzten Blick nicht davon losreißen. Rosi packte das Köpfchen, zog die Nadel zur Hälfte heraus und stieß sie in einem anderen Winkel wieder heftig in den Arm zurück. Da verdrehte Nelly die Augen und fiel in Ohnmacht. Rosi hatte sie immer für feige gehalten. Sie öffnete den Mund der Bewusstlosen und drückte Nellys Zunge fest in Nellys

Schlund.

Der Arzt machte keine Schwierigkeiten. Hager, angesäuert und menschenfeindlich, erschien es ihm schon als unerfreuliches Wunder, dass Vetteln wie Nelly und Rosi überhaupt so lange lebten und in ihrem Ableben auch noch ihn belästigten. Er unterzeichnete den Totenschein und verschwand. Bald danach verschwand auch Nelly, die Erde schloss sich ungerührt und stumm über ihr und ihren Problemen.

Mac Gregor hatte das Geschehen träumerisch in irgendeinem Winkel seines Gehirns registriert. Es blieb jedoch verborgen, in welchem Ausmaß und welche Schlüsse er allenfalls daraus zog.

„Da 's 'n gottverdammte Wespe", brüllte er zwischen zwei tiefen Zügen. Rosi, im durchsichtigen Nachthemd, ließ ihr Brot liegen und eilte ins Schlafzimmer. Die verstümmelte Schlagzeile ‚Braut kur' beherrschte die gefaltete Zeitung, deren Hieb das Insekt augenblicklich tötete.

„Komm her!", befahl Mac Gregor mit rauer Stimme. Glücklich lächelnd folgte Rosi. Er fuhr unter ihrem Hemd über ihre, wie aus Eruptionen flüssigen Wachses geformten, weißen Fleischsäulen und gurrte zärtlich: „Du weicher Saumensch du, du fetter."

Rosi erbebte. Mac Gregor war eben wirklich ein Kerl, für den alles zu tun sich lohnte.

Die Strafe

„Er hat gesagt, die einzige Möglichkeit, mit dir etwas anzufangen bestünde darin, dir die Haut abzuziehen und einen Müllsack daraus zu machen."

„Ich habe gewusst, er hat Charme."

„Hat er bestimmt. Trotzdem glaube ich, bist du nicht ganz sein Typ. Was willst du tun?"

„Ihn heiraten natürlich. Diese verdammten Nachtlokale mit ihren lächerlichen Namen – wie heißen sie noch?"

„Grüngelbes Seidenhöschen, Rosa Korsett und Heißer Strumpf."

„Eben. Die gehören immer noch ihm."

Romuald schüttelte verzweifelt den Kopf.

„Er will nicht, Bernadette. Begreif das doch!"

„Er wird wollen, mein Lieber. Immerhin ist es eine Ehre für ihn."

Romualds Miene blieb völlig ausdruckslos. Steif verneigte er sich.

„Wenn du weiterhin meine Vermittlerdienste in Anspruch nehmen willst …"

„Gewiss Rommy. Gehe in drei Tagen wieder hin und richte ihm meine Meinung aus. Dräng' ihn ruhig ein bisschen, ich bin schließlich nicht mehr die Jüngste."

Bernadette lächelte kokett – ein Lächeln, das gefror, als Romuald die Frechheit andeutete, nicht zu widersprechen. Tatsächlich beging er sie sogar. Er verbeugte sich nochmals und verließ wortlos das Zimmer. Beinahe wortlos. Denn ehe er die Tür schloss, murmelte er: „Der verdammte Gangster hat wenig Humor. Der ist imstande und bringt mich um."

„Das wäre nun wirklich kein Schaden!", zischte Bernadette. Dummerweise hörte Rommy es nicht mehr. Bernadette langte nach einem Jugendstilgläschen und nippte eine Prise Pfefferminzlikör. Mehr brauchte sie nicht, um auch innerlich mit Romuald abzuschließen. Sie griff nach dem elfenbeinernen Telefon, verlangte den Polizeipräsidenten und erteilte ihre Anweisungen. Ohne Zweifel salutierte der Mann mehrmals. Danach führte sie ein weiteres Gespräch. Es ging ums Grüngelbe Seidenhöschen, das Rosa Korsett und den Heißen Strumpf. Als sie den Hörer auflegte, kicherte sie damenhaft. Später sah man sie mit Lesebrille und Rotstift über einem Stapel Rechnungen.

Die Razzien in den Lokalen Tom Trottoirs waren ein voller Erfolg. In allen dreien entdeckten die Fahnder Rauschgiftpäckchen, eingewickelt in buntes Bonbonpapier. In allen dreien lagen die Bonbons griffbereit hinter der Theke. Hübsch getarnt, wie der Polizeipräsident zugab. Aber ziemlich perfide. Müde kräuselten sich seine Lippen, als Tom schwor, dass er und seine Leute nichts mit der Sache zu tun hätten. Für zwei Tage wanderten sie hinter Gitter. Dass sie nach zwei Tagen schon wieder heraus kamen, hatte damit zu tun, dass Tom die Waage der Gerechtigkeit mit beträchtlichen Geldmitteln wieder ins rechte Lot brachte. Nicht nur deshalb kochte er vor Wut. Die Razzia war Stadtgespräch in einschlägigen Kreisen. Und hinter vorgehaltener Hand hieß es, dass Romuald die Fäden gezogen habe. Ausgerechnet Romuald! Der Laufbursche der alten Ziege, die ohnehin schon die halbe Stadt beherrschte. Vier Männer hatte sie ins Grab gebracht. Jetzt sollte er, der ehrenwerte Mittelständler Tom Trottoir, an die Reihe kommen. *Aaaah!* Wenn er sich weigerte, würde sie ihn ruinieren. Sie hatte immer gute Karten und mischte ein buntes Spiel. Aber nicht mit ihm! Tom kochte.
In diesem Augenblick (nicht weiter schwierig, da er Tage dauerte), in diesem Augenblick meldete man ihm lieben Besuch. Da lächelte Tom. Romuald trat ein, steif, korrekt und arglos.

Drei Küchenmädchen in Bernadettes Hotel merkten gar nichts, das vierte fiel in Ohnmacht, das fünfte fand das vierte und wunderte sich. Dann erkannte es den Grund der

Ohnmacht und begann zu schreien. Es schrie eine halbe Stunde in einem fort. Die Ursache der Aufregung war Romuald. Genauer gesagt: Romualds zugeschnittener und zusammen genähter Balg. Der hing anstelle des üblichen Plastiksacks in einer der Müllsackhalterungen. Zu einem Drittel war er bereits mit Küchenabfällen gefüllt. Das verdankte er jenen drei Mädchen, die sich um die Identität eines Müllsackes den Teufel scheren, solange er nur genug freien Raum bietet. Romuald war leer gewesen.

Im Hotel tobte die Untersuchung wie ein sanfter Frühlingswind. Die Polizei war so ratlos, wie es sich gehörte, die Chefin zog sich, weil sich das gehört, geschockt in ihre Gemächer zurück. Und weil es sich auch gehört, einer alten Freundin einen Gefallen zu tun, vertuschte der Polizeipräsident die Affäre meisterlich. Weitgehend erfolglos, wie es bei solchen Anlässen häufig der Fall ist, doch immerhin mit dem Erfolg, dass sich zuletzt überhaupt niemand mehr auskannte. Abgesehen von den Hauptbeteiligten, versteht sich. Aber die hielten den Mund. Die Chefin – Bernadettes *Nom de Guerre* – war ziemlich zufrieden. Tom hatte mehr Stil bewiesen als sie von ihm erwarten durfte. Viel Verstand hatte sie ohnehin nicht erwartet.

Toms Freundin hieß Lisa. Sie verfügte über Figur, Sex und Anpassungsvermögen. Ihr Intellekt befand sich hingegen in ständiger Konkurrenz mit dem einer leeren Bohnenbüchse. Meistens gewann die Büchse. Präzise ausgedrückt: Lisa war nicht eben die Hellste. Der Umstand, dass Tom es mit ihr trieb, war kein Ruhmesblatt für seinen Charakter. Fragwürdiger Trost für Zartbesaitete: es passte allerdings sehr gut zu seinem Charakter.

Tom saß in seinem Büro im vierten Stock jenes Gebäudes, in dessen unteren Etagen das Rosa Korsett viel Geld für ihn verdiente. Philip, sein Mädchen für alles, stürzte herein, einerseits schwer atmend, andererseits wachsbleich.

„Klopf' gefälligst an!", knurrte sein Boss. Aber Philip zeigte sich für Benimmregeln nicht empfänglich.

„Oben!", stammelte er. „Oben!"

Tom folgte ihm nach oben. An der Fernsehantenne baumelte ein hautfarbener Ballon im Wind. In Größe und Form entsprach er einer menschlichen Gestalt. Die Bahnen des Ballons waren sauber vernäht. Tom schwieg für einige Sekunden.

„Oh", sagte er dann. „Es ist Lisa."

Er kehrte in sein Büro zurück und angelte sich das Telefon.

„Okay Chefin. Reden wir darüber."

„Gut", erwiderte sie kühl. „Heute Abend im St. George, das ist neutraler Boden. Ich warte im Extrazimmer."

Tatsächlich war das St. George für Bernadette so neutral wie Texas für die Vereinigten Staaten. Es gehörte ihr. Doch das wusste kaum jemand, auch Tom nicht. Es handelte sich um einen jener unsichtbaren Trümpfe, die in Bernadettes Strumpfband steckten.

Tom kam allein, die Chefin brachte ein junges Mädchen mit. Ein Mädchen mit kleinen, schwarzen Augen, die nie lächelten.

„Meine Nichte."

„Toll", sagte Tom. „Toll, wie ähnlich sie Ihnen sieht. Als wär's eine Enkelin."

Augenblicklich überkam ihn das Gefühl, einen Fehler gemacht zu haben. Er bemühte sich, ihn auszubessern.

„Wie Ihre Tochter, Chefin, meine ich. Sie ist ja auch schon sehr erwachsen."

Der Puder auf Bernadettes spitzem Kinn bekam feine Sprünge.

„Das ist sehr nett. Wie geht's eigentlich Lisa, mein Lieber?"

„Sie ist flügge", sagte Tom. „Ich hab' sie abgeschnitten."

Da wusste die Chefin, dass er im Grunde doch in Ordnung war. Der Rest würde sich geben. Sie deutete auf ihre Begleiterin.

„Mit Messer und Faden kann Tina viel besser umgehen als ihr jämmerlichen Tütenschneider. Sie kann mit Vielem viel besser umgehen."

Bernadette machte eine kurze Pause, um ihre Handschuhe zu glätten.

„Verschwinde jetzt auf deinen Posten, Kleines. Wir haben zu tun."

Tina mit den schwarzen Augen steuerte geradewegs auf die holzgetäfelte Wand zu und verschwand tatsächlich - schneller als ein Mundvoll Rauch im Sturm, dachte Tom. Die Existenz der Geheimtür war ihm neu. Er verfluchte seine Leichtgläubigkeit. Was nützten ihm nun die Gorillas auf der Straße? Auch der kleine Bleispucker im Unterschenkelhalfter schien plötzlich meilenweit entfernt. Er ertappte sich bei dem Gedanken, ob er Lisa auf ihrem langen Weg zu den Sternen wohl bald einholen würde.

Bernadette erriet seine Bedenken und winkte ab.

„Sie passt nur auf, Schatz. Sie sieht uns, aber sie hört uns nicht."

Tom grübelte eine geraume Weile. Objektiv betrachtet stand es nicht gut um ihn. Wenn er sich noch so einen Schnitzer leistete wie vorhin, würden sie ihn mit Blutdruck Null nach Hause bringen. Und seinetwegen würde keiner Trauer tragen.

„Chefin", fragte er endlich vorsichtig. „Warum wollen Sie mich denn heiraten?"

„Weil ich dich liebe, du großer Narr."

Trotz dieser Worte entnahm er ihrem Tonfall etwas deutlich Lebensverkürzendes. Mit Toms Zukunftsplänen stimmte das so wenig überein, dass ihm seine irdischen Güter plötzlich nur noch bleierner Ballast dünkten.

„Chefin", murmelte er. „Sie sind die Nummer eins. Sie können mir meine Clubs auch anders abnehmen."

„Ach Tom!", seufzte Bernadette. „Du bist so unromantisch. Glaubst du wirklich, ich machte mir was aus deinen Clubs? *Glaubst du das?*"

Tom schwieg betreten. Unwillkürlich blinzelte er zur Geheimtür. Die Täfelung war alt und dunkel. In seiner Phantasie lauerte hinter jedem Astloch eine Mündung aus Stahl.

„Glaubst du das?"

Er schwieg weiter. So in einer Art vorweggenommener Totenstarre. Die winzige Knarre an seiner Wade hatte er gänzlich vergessen.

„Glaubst du das?", schrie sie.

Tom wurde mit einer einzigen Silbe zum Stotterer.

„Ja a jj …"

Die Geheimtür schwang auf.

Als Tom zu sich kam, lag er auf einem riesigen Bett. Er fühlte sich noch nackter als er war. Tina, die neben ihm lag, stieß sich nicht daran. Obwohl von Natur prüde, hätte sie sich auch nicht mehr an einer Orgie konservativer Politiker mit rosa Flamingos gestoßen. Zwischen ihren kleinen Brüsten ragte der Griff eines Stiletts hervor wie ein böses Rufzeichen. Ihre Brustwarzen erinnerten Tom an welke, blasse Knospen. Ein geronnener Blutfaden schlängelte sich über ihren Bauch, bildete einen kleinen Teich in dem Grübchen zwischen Venushügel und Hüftknochen und stahl sich über die Innenseite des Oberschenkels aus seinem Blickfeld.

Tom war verwirrt. Er erinnerte sich an das Extrazimmer, an die aufschwingende Geheimtür, die ihn in Panik hochspringen ließ und an das Zischen. Es kam von der Dose, mit der die Chefin ihm etwas ins Gesicht gesprüht hatte. Danach Blackout. Keine Ahnung, was diese Inszenierung hier bedeuten sollte. Doch was auch immer, sie gefiel ihm nicht. Sie stank geradezu nach Schwierigkeiten.

Das Blitzlicht riss ihn aus seinen trüben, verworrenen Gedanken. Die dürren Hände der Chefin hielten die Kamera so ruhig, als wäre sie auf ein Stativ geschraubt. So sicher hatten sie auch das Stilett geführt – nur, wer würde es glauben?

„Überraschung, Darling", gurrte sie. „Für unser Album."
Tom begriff. Er saß endgültig in der Falle.
„Warum?", stammelte er angemessen hilflos. „Warum das alles?"
Bernadette lächelte verträumt.
„Du bist in der Blüte deiner Jahre, Schatz. In meinem Alter ist es ein großes Glück, von einem so attraktiven Mann umworben und begehrt zu werden. Von einem Mann, der absolut treu ist, der seiner Liebsten jeden Wunsch von den Lippen abliest."
Tom ahnte, was sie von ihm erwartete. *Unter anderem.*
„Ich schenke dir die Clubs zur Hochzeit."
Seine Stimme schwankte im Übermaß der unterschiedlichsten Gefühle.
„Wie lieb von dir", schmachtete Bernadette mit geröteten Wangen. „Du bist einfach *zu* reizend."
Zärtlich strich sie hoch über sein Knie.
„Die anderen Abzüge liegen in einem Safe. Wenn ich so alt werde, wie ich vermute, werden sie nie auftauchen. Ich bin kerngesund, Liebster, und furchtbar agil. Tag und Nacht. Du wirst sehen, es wird wundervoll."
Sie küsste ihn auf die Wange. Wie in Großaufnahme sah er die Runzeln und Flecken durch das überforderte Make-up, die dünnen, vertrockneten Lippen. Ein süßlicher Geruch nach Pfefferminze stieg ihm in die Nase. Er räusperte sich.
„Es wird bestimmt wundervoll. Wie alt, sagtest du, musst du werden, damit der Safe nicht plaudert?"
Bernadette drohte ihm spielerisch mit der Hand.
„Tom, du Schlimmer. So etwas wollen wir nicht fragen. *Niemals.* Und jetzt zieh' dich an. Wir müssen aufräumen."
Er sah Tina an. Die schwarzen Knöpfe ihrer kleinen, noch im Tod grausamen Augen, die welken Knospen ihrer Brüste.
„Warum ausgerechnet deine Nichte?"
In Bernadettes Alltagston klirrte Eis.
„Willst du mit einem Menschen leben, der aus der harmlosen Lisa einen mit Helium gefüllten Ballon macht? Na, das wäre

noch nicht so schlimm. Sie hatte nur verdammt zu viel Spaß dabei. Und außerdem: jetzt habe ich ja dich, Schatz."
Es gab kein Entrinnen. Während Tom ihre ersten Befehle befolgte, überkam ihn eine grausige Erkenntnis. Manchmal, so schien ihm, manchmal verhängt die träge himmlische Gerechtigkeit ihre Strafen eben doch schon im Diesseits. Unerbittliche Strafen, Strafen, die genau dem Ausmaß der gesammelten Schuld entsprechen. Und bei all seinen Fehlern war Tom doch so aufrichtig, dass er sich keinen Illusionen über das Ausmaß seiner Schuld hingab.

Bernadettes harte Finger liebkosten sein Gesäß.

„Mach' schon, Liebling", säuselte sie. „Wir haben noch viel vor."

Oberlicht-Romanze

Mungo hieß das kleine Lokal im Randbezirk der großen Stadt.
Es gibt sie überall, die Mungos, in den Randbezirken der
Städte. Blass und schmal sind sie bei Tag. Zwischen Abend
und Morgen jedoch erwachen ihre Leuchtstoffröhren und
schreiben die bunte Botschaft vom Vergnügen in das Dunkel.
Die Scheiben zur Straße sind stets blind, der automatische
Türschließer geht zu streng, die Beleuchtung ist eher
Verdunkelung. Fremde verirren sich selten hierher. Das
Publikum ist gemischt: einige Stammgäste, einige Jugendliche
aus der Umgebung, die sich die Nacht ertasten, ein paar
halbseidene Figuren, die alle Wochen vorbeistreunen wie
Raubtiere an zweitrangigen Futterplätzen. Die Einrichtung ist
kunststoffplattenglatt, der Teppich aus Plastik und die Musik
leise und schmeichelnd. Die Getränke sind zu teuer, die
Keeper so vertrauenswürdig wie die Etiketten auf den
Flaschen, die Stimmung schwankt zwischen dumpf und
schrill, die Luft ist schlecht. Und dennoch: Hoch sollen sie
leben, die Mungos der Randbezirke! Denn sie werden
gebraucht.

Es war nicht viel los um diese Zeit. Sie saßen, jeder für sich,
rauchend und sehr verschwiegen.
Sie war so schön. Sie hatte Augen, Wimpern, alles. Ihr Mund
war isolierbandrot, ihr Haar echt rosenwurzelbraun. Sie war
so schön. Und er? Er hatte blaue Augen. Hätte gar so gerne
schwarze gehabt. Schwarze sind leidenschaftlich und
grausam. So ist das. Blaue sind bestenfalls eiskalt. Sein Blau
war warm. Da lag es nahe, am Leben zu verzweifeln.
Gangster zu werden. Großen Stils. Warme blaue Augen! Mein
Gott! Verdammt zur ewigen dunklen Sonnenbrille.
Sie war siebzehn, sah aus wie achtzehn. Fühlte sich wie
zwanzig. Sie dachte: Wenn eine sich einmal wie zwanzig
fühlt, dann ist das Leben wohl gelaufen.

Ihr Blick trug Trauer. Sein Herz pochte. Auch das noch. Gangsterherzen pochen nicht. Gangsterherzen sind aus Stein. Wenigstens schmallippig war er. „Komm rüber, Baby." Machte den Mund nicht weiter auf als einen halben Millimeter. „Einen Whisky?"
Sie wandelte zur Theke. Uralt war sie. Eva. Kam`s noch auf etwas an? Er roch nach Pomade.
Kann doch nichts sehen, mit der Sonnenbrille, hier. Ist doch so schon dunkel genug. Sieht aus wie in den alten Filmen. „Zigarette?"
Nimmt sie. Ganz schön verrucht. Wie der Barmann blöd grinst. Macht einen tiefen Zug und hustet nicht. Kippt den Schnaps und hustet nicht. Ringt diskret nach Luft. Ihr Busen zeichnet sich ab unter der Bluse. Das ist etwas, worüber sogar dem Barmann das Lachen vergeht. Woran der denkt? Sie wird rot und hofft, dass keiner es merkt.

So schön war sie. Als sie auf den Hocker steigt, verrutscht ihr Rock. Er musste verrutschen. Ein Blitz heller Haut ober dem schwarzen Strumpf. Mein Gott! Wie gut man sich hinter der Sonnenbrille verstecken kann. Der Barmann hat sein Grinsen wieder gefunden. Gangsterherzen pochen nicht. Nie.
Er sieht aus wie … Ich weiß nicht. Der Rock ist zu eng. Wenn er platzt … Ich fall` tot um.
„Was machst du?"
„Geschäfte. Du?"
Was sollte sie schon machen? Nichts natürlich.
„Nichts."
Ob er viele Freundinnen hatte? Bestimmt. Der verfluchte Rock.
„Was für Geschäfte?"
„Verschiedene Geschäfte eben."
So saßen sie, rauchten und waren verschwiegen.

Das Mungo gehörte einem Mann, der Charly genannt wurde. Die Arbeit überließ er Fred und Max. Er zahlte schlecht und verachtete die beiden, weil sie es sich gefallen ließen. So was ärgerte ihn. Charly ließ sich nichts gefallen. Dafür litt er unter erhöhtem Blutdruck und Kopfschmerzen, die ihn von der eigentlichen Arbeit abhielten.

Charlys eigentliche Arbeit bestand im Fordern und Kassieren von Schutzgeldern. Das Gewerbe ist alt und dank seiner Einträglichkeit auch ziemlich ehrbar.

Seit einigen Monaten ging jedoch vieles schief. Einige seiner treuesten Kunden brüskierten Charly. Die Erträge schrumpften rapid. Natürlich wollte er wissen, was los war. Er ging zu Lorpas. Lorpas besaß ein kleines Hotel. Seit fünfzehn Jahren zahlte er brav und pünktlich wie kein zweiter.

Lorpas war weder stark noch tapfer. Charly war ein grober, schwerer Mann. Er betrat Lorpas Büro, packte ihn am Kragen, schüttelte ihn, lächelte böse.

„Na du Wanze, warum verschwendest du meine Zeit?"

Lorpas, atemlos: „Ich zahle dir nichts mehr."

Charly war baff. Er setzte Lorpas ab.

„Das sagst du mir ins Gesicht?"

„Wir haben eine Vereinbarung getroffen. Ich zahle, du beschützt mich."

„Na und? Hat doch immer geklappt."

Lorpas richtete seinen Kragen - sehr kühl.

„Jetzt nicht mehr. Du hast Konkurrenz bekommen."

„Was sagst du?"

„Du bist nicht mehr der Einzige, Charly. Es gibt andere."

Charlys Kopfweh verstärkte sich. Dunkles Rot überzog sein massiges Gesicht wie der Sonnenuntergang die Berge.

„Du zahlst an einen anderen? Ausgerechnet du?"

Lorpas zuckte zurück, aber er gab nicht nach. Immerhin, Geschäft ist Geschäft.

„Ja, die Konditionen sind besser."

Undank ist der Welten Lohn, Charly.

„Die Konditionen sind besser! Womit habe ich dich nicht bedroht, kannst du mir das sagen?"

Lorpas hob die schmalen Schultern.

„Nimm's nicht persönlich, Charly. Gemessen am Angebot des Neuen ist deines kalter Kaffee."

Fassungsloses Schnauben.

„So, ist es das? Deinen miesen Laden werde ich kurz und klein schlagen, habe ich gesagt. Deiner Frau blaue Augen machen. Deine Tochter in die richtige Gesellschaft bringen. Dir jeden Knochen im Leib brechen. Ist das vielleicht nichts? Was bietet dieser Freibeuter Besseres, hä?"

Lorpas grinste zahnlos. „Siehst du meine Zähne? Nein. Das war sein Entree, ganz unverbindlich."

Charly stöhnte auf.

„Mein Gott, Lorpas! Wenn du einen Ton gesagt hättest, das hätte ich sofort erledigt! Wegen so 'ner Kleinigkeit macht man doch nicht eine alte Geschäftsfreundschaft kaputt!"

Lorpas schaute bedauernd.

„Es ist nicht mehr wie früher, Charly. Ich kann's mir einfach nicht leisten, sentimental zu sein."

Charly: „Wer hat dir als erster die Nase gebrochen, du feiger Hund? Tradition zählt gar nichts?"

Lorpas: „Nach Ladenschluss, Charly. Nur nach Ladenschluss. Du sagst, du schlägst alles kurz und klein. Weißt du, was er macht? Er sprengt! Nicht irgendwann, Charly. Er sprengt ins Hauptgeschäft, da drängeln sich hier zwanzig Leute."

„Und deine Frau? Liegt dir an deiner Frau gar nichts?"

Lorpas lächelte mitleidig.

„Du sagst, du machst ihr blaue Augen. Meine Güte, manchmal hätte ich nichts dagegen."

Vertraulich: „Der Neue? Der arbeitet mit Säure, Charly. Mit konzentrierter Säure! Die Einzelheiten erspar' ich dir lieber. Die sind nichts für deinen Blutdruck. Mir hat er alles ganz genau beschrieben – und Fotos hat er mir gezeigt. Ich konnte zwei Tage keinen Bissen unten behalten."

Charly, schluchzend: „Deine Tochter ist dir auch egal, wie? Ich hätte dafür gesorgt, dass sie auf dem Strich landet! Ich höchstpersönlich, verstehst du?"

Lorpas, nun allerdings ein wenig sentimental: „Dich kenne ich doch."

Charly, von plötzlichem, bösem Ehrgeiz gepackt: „Deine Knochen, Lorpas! Mehr als dir alle Knochen brechen kann er auch nicht, oder?"

Lorpas, nachdenklich: „Es tut mir wirklich leid für dich, Charly, aber dir fehlt's an Phantasie. Du bist irgendwann stehen geblieben und das rächt sich. Man darf nicht stehen bleiben. Wer schläft, sündigt. Versündigt sich an seinem Geschäft. Es gibt keine schlimmere Sünde, Charly."

„Was droht er dir an, was denn?"

„Er will dafür sorgen, dass meine Kredite fällig gestellt werden."

Charly war fassungslos.

„Deine Knochen sind dir weniger wert als ein paar schäbige Kredite?"

„Gegen Brüche bin ich gut versichert – dein Verdienst. Wenn ich daran sterben sollte, na gut. Bin ich tot. Das bleibt mir ja doch nicht erspart. Für die Familie wäre gesorgt. Wenn hingegen meine Kredite fällig gestellt werden, bin ich am Leben und trotzdem gestorben. Das ist schlimmer."

„Das würde dich ärger treffen als alles andere?"

Stumm verschämt nickte Lorpas. Charly verbarg sein Gesicht in seinen Schlägerhänden.

„Gott! Was bist du für ein Mensch!"

Er zitterte. Er durfte nicht trinken, sie würde sehen wie er zittert. Warme, blaue Augen, ein pochendes Herz und jetzt das … Zu heiß. Es ist viel zu heiß in diesem Loch. Stickig. Die Luft!

„Gehen wir?"

„Warum nicht?"

Gelangweilt. Ja, das war sie, gelangweilt. An der Theke eine Zigarette und ein Schnaps. Das Grinsen des Barmanns. So ist das Leben. Gehen wir? Warum nicht? Der Rock ist nicht zu eng, ich bin zu dick.

Sie war so schön. Er bekam Speichel in die Luftröhre.
Verdammtes Grinsen. Nur raus hier. Raus!
Der Tag war noch nicht vorbei, der Himmel eine flockige
Platte. Auf den hohen Häusern spielte abendgelbes Licht. Im
Freien sah er viel jünger aus.
„Ich heiße Mick, du?"
„Dorli."
„Spazieren wir n'bisschen?"
Die Männer auf dem Gehsteig rochen nach Büro,
Aktentaschen und Eile. Die Frauen rochen nach
Schreibtischen, Nagellack und Arbeit.
Dann saßen sie im Kino. Sacht legte sich seine Hand auf ihr
Knie. Ihr schmales, sanftes Knie. Die Hand bebte. Grimmig,
schoss es ihm durch den Kopf. Grimmig blicken können auch
warme, blaue Augen. Grimmig blickte er durch die
Sonnenbrille auf die Leinwand. Die Hand bebte auf ihrem
Oberschenkel. Sein Zittern gab beiden Geborgenheit. Von der
Strumpfkante stieß sie ihn weg. Viel zu billig, viel zu billig.
Er nahm ihre Hand und drückte sie.
Im Nacken fühlte sie Lippen. Fremde Lippen, die so zart über
die feinen Härchen strichen, als stammten sie aus einem
Traum. Eine Zungenspitze, die ihre Halswirbel erkundete, fein
wie der Fühler eines Schmetterlings. Im Sommer setzten sich
manchmal Schmetterlinge auf ihre bloßen Arme und saugten
an ihrer Haut. Mick saß neben ihr, drückte ihre Hand, starrte
durch die Sonnenbrille grimmig auf die Leinwand. Ich
träume, dachte sie. Lachte leise. Sie war so schön.

Nette Puppe. Macht auf abgebrüht. Weiß nicht, was sie will.
Gute Mädchen, sind immer leicht zu haben. Whisky, klar.
Nipp nur, Vögelchen, wäre nicht übel, dir das Zwitschern
beizubringen. Warum nicht? Der Junge hat doch die Hosen
voll, wenn er einen Rock nur rascheln hört. Der lernt's nie.
Kleiner Stinker. Was sie an dem findet? Die Weiber wissen
auch nie, wo sie es gut bekommen. Mal sehen.

„Mach‘ allein weiter, Max. Is‘ sowieso nichts los. Muss mal an die Luft.“
Max grinst blöd. Soll er grinsen. Macht's selber nicht anders.

Die Sonne war untergegangen. Er hielt noch immer ihre Hand. Noch immer pochte sein Herz. Gehen wir? Warum nicht? Sie schwebten auf zweifärbigen Schuhen und hohen Absätzen durch das rote Gekritzel der Heckleuchten, Hand in Hand. Neonlicht gerann auf den hellen Streifen seines Anzugs, auf ihrer seidigen Bluse. Die Straßen hatten Namen. Hinter jeder Ecke, hinter jedem Block schossen neue Häuser in den Himmel. Glatte Metallfassaden, grober Putz. Ein Strom von Scheinwerfern, Lack, Lärm, Leute. Leute sind keine Menschen. Der Rock war zu eng. Leute blickten auf ihre Beine, ihre wippenden Brüste, auf den Rockschlitz, der sich im Rhythmus der Schritte öffnete und schloss wie eine Schere, eine Blickschere. Männerleute. Männer sind keine Menschen. Ihre Finger waren feucht und taub, so fest hielt er sie.
Ihm war, als hätte einer ein Loch in die Welt geschlagen und alles wäre ausgeronnen. Leer fühlte er sich. Leck, leer und leicht. Sie ging neben ihm, kerzengerade, mit kurzen Schritten. Ihre Finger waren dünn, fein, kühl. Er drückte sie zu fest. In den Auslagen stapelten sich Würste, Zeitungen, Meerschaumpfeifen, Wäsche.
Sie dachte an das Grinsen des Barmanns.
Ein so unauffälliges Hotel hatte es nie gegeben. Eingezwängt zwischen Büroschachteln, schmal wie ein Strich zwischen dicken, bunten Flecken, ein schwach beleuchtetes Schildchen, klein wie eine Visitenkarte: LORPAS HOTEL
Er ließ ihre Hand nicht los. Mit seiner freien steckte er sich eine Zigarette in den Mund. Er zündete sie nicht an.
„Hier rein?“
Verdammte zitternde Stimme. Sie nickte. Ein Anflug Stolz glitt über ihr Gesicht wie vom Licht des fernen Leuchtturms weit draußen.

„Es gehört meinem Vater."
In seinem Mund verbreiteten sich Tabakkrümel. Die
abgebrochene Zigarette hin schräg von seinen Lippen herab.
Hing herab wie … Wie was? Mein Gott! Nur nicht daran
denken. Daran nicht!
Warum brachte sie ihn zu ihrem Vater?
„Wir müssen nicht vorne durch."

LORPAS HOTEL

Gehen wir? Warum nicht?
Wie alt man ist, wenn man sich fühlt wie zwanzig. Die Finger
so klamm, so klamm.
Die Stiege war schmal, die Fenster waren schmal, das Bett
war schmal. Nur ein Bett in dem Zimmer, kein Tisch, zwei
Hocker. Sie standen sich gegenüber und schwiegen. Das
Gangsterherz pochte. Sie waren gegangen, warum nicht?
„Nimmst du die Brille ab?"
Warme, blaue Augen, wieder eine kalte Zigarette im
schmallippigen Mund, Pomade. Auch die Hände zittern
wieder. Im Magen wälzt sich ein kleiner Igel.
Das Bett hatte ein Metallgestell. Weiß lackiert wie im
Krankenhaus. Die Wäsche war sauber, die Tapete gemustert.
Die Hocker mit Plüsch überzogen, grau meliert. Der Teppich
rot und weiß gesprenkelt.
„Nett hier."
Elend fühlte er sich. Machte sie das oft?
Sie war so schön, so schön. So schön. Nett hier. Kalte
Zigarette, warme Augen. Alles zittert. Die Hände, die Stimme,
die schmalen Lippen im schmalen Zimmer. Nett hier. Poche,
Gangsterherz, poche. Im gestreiften Anzug, in der Hose.
Poche. Sogar Vorhänge baumelten da. Hellblaue Vorhänge.
Noch hatte niemand sie zugezogen. Licht hing in der Nacht
draußen wie ein Brautschleier.
Nett hier. Und? Was ist mit ihm? So ist doch das Leben. Will
er gar nichts tun? Lässt er immer alles für sich machen? Wie

langweilig. Poche, Dorliherz, poche. Aber deine Hände zittern nicht. Wenn das Leben so ist ...
Zwei Knöpfe am Bund und ein Reißverschluss. Der Stoff kräuselt sich um ihre Fußknöchel wie ein schwarzer Kranz. Da blitzen die Schenkel. So ist das Leben. Jetzt wird er sie wohl küssen.

Fred klopfte nicht. Stand plötzlich im Zimmer und grinste. Das Grinsen des Barmanns! Dorli sah und hörte wie durch eine dicke Wand aus Wasser. Fred war ein großer, fetter Mann. Ein Klotz in einem Sakko, das rundum spannte. Ein Klotz auf stämmigen Beinen auf kleinen Füßen in schwarzen Schuhen.
Dorlis Beine ragten statuenhaft aus dem gefallenen Rock. Enthüllung einer Statue. Was hat der Ehrengast so blöd zu grinsen? Was leckt er sich die Lippen?
Micks Stimme war schrill. Fragte den Barmann, was er da mache. Sagte ihm, er solle abhauen. Das Schwein soll abhauen. Der Barmann grinste. Der Junge rannte gegen ihn. Der Klotz lachte. Der Klotz Fred zog etwas aus der Tasche, hob die Hand, schlug zu. Mick stürzte und blieb liegen. Lag ganz ruhig. Blut tropfte auf den rot-weißen Teppich.
Der Barmann grinste. Der Klotz Fred durchbrach die Wand aus Wasser und griff nach Dorli.
Sie ballte die dünnen Finger und schlug in das Grinsen. Spürte nicht, ob sie traf. Bevor sie zum Spüren kann, knallte der Klotz ihr eine, die sich gewaschen hatte. Die sie herum wirbelte, einmal, zweimal. Heiß war ihr im Kopf. Explosionen vor den Augen, im Rücken das Bett. Auf ihr der Klotz, tonnenschwer. Der wollte was von ihr.
Plötzlich war er weg. Es dröhnte dumpf. Neben dem Bett stand Mick, blass schwankend. In der Hand hielt er eine abgebrochene Stange. Die Stange für die Oberlichter. Ein rosa Rinnsal kreuzte über seine Stirn herab wie ein Sprung im Eis. Der Klotz lag auf dem Boden. Das Grinsen war ihm entfallen. Die Stange für die Oberlichter brauchte man zum Lüften, weil

die Fensterflügel zugeschraubt waren. Lorpas mochte nicht, wenn sich Leute aus seinen Fenstern stürzten. Der Klotz lag mit dem Gesicht nach oben neben dem Bett, das schwarze Haar rot getönt. Dorlis Wange tat weh. Ihre Augen waren groß und rund, groß und rund und dunkel.

„Ist er …?"

Mick betrachtete den stummen Klotz Fred. Die Stange ließ er nicht los.

„Weiß nicht. Ich glaube."

Sie zog ihren Rock an. Ganz ruhig und entschlossen war sie. Drückte ihre isolierbandroten Lippen auf seine bleiche Wange. Nötigte ihn auf einen der Hocker und prüfte die große Platzwunde auf seiner Stirn.

„Ich hab' einen dicken Schädel."

Seine Stimme zitterte nicht mehr.

„Ja, danke."

Charly und Lorpas sahen zur Decke.

„Was war das für'n Lärm? Ist ein Schwerer umgefallen?"

„Sehen wir nach?"

Charly brummte. Was ging ihn das noch an?

Drei standen im Zimmer, Mick saß, Fred lag.

„Das ist Fred!", rief Charly. „Mein Barmann Fred!"

„Das ist der Neue!", rief Lorpas.

Dorli war stark und fest entschlossen.

„Wir waren hier, Mick und ich. Da kam er herein. Er hat Mick niedergeschlagen. Dann wollte er mich … Mick wachte rechtzeitig auf und hat die Stange für die Oberlichter zerbrochen."

„Das macht nichts", sagte Lorpas zerstreut. „Wenn dir nichts passiert ist."

„Das ist der Neue? Der da? Fred?"

„Ja."

Charly sprang vor und trat dem Liegenden in die Rippen. Es krachte. Fred rührte sich nicht. Er kannte keinen Schmerz.

„Reg dich nicht auf, Charly. Du bist ja wieder im Geschäft. Wie werden wir ihn los?"

Charly war misstrauisch.

„Zu den alten Konditionen?"

„Zu den alten Konditionen."

„Laden kurz und klein, blaue Augen, Strich, alle Knochen im Leib?"

„Genau so."

„Dann lass' mich nur machen. Der ist kein Problem."

Die alte Freundschaft lebte auf. Warm rieselte sie durch die Herzen der Männer. Lorpas war nicht mutig, Charly wurde gebraucht. Gibt es was Wichtigeres?

Die Wunde brannte. Er war schwindlig. Aber den Druck ihrer Lippen auf seiner Wange fühlte er noch. Sie stand neben ihm, stützte ihre Hand auf seine Schulter. Gemeinsam verschwiegen sie sich. Lorpas dankte ihm. Mick würde Karriere machen. Mick wusste, irgendwann, bald, würde er Schwiegersohn eines Stundenhotels werden. Das war wunderbar. Aber jetzt, in diesem Moment, da war es Nebensache. Heimlich betrachtete er sie.

Ach du verdammter, großer, weiter, fleckenloser Himmel!

Was war sie schön!

Blondniedlichlein

‚Taumelnd ist unser Gang. Wir schreiten nicht durchs Leben, wir durchqueren es noch nicht einmal in der gebeugten, aber sicheren Art der Kulis. Nein, wir taumeln und stolpern es dahin wie gottverlassene Trunkenbolde und Tollpatsche. Was uns auch widerfährt, niemand sonst hätte es mehr verdient.'

Als Jonny sah, wie die zwei Kerle die niedliche Blonde ins Gebüsch zerrten, verhielt er sich nicht wie ein Tollpatsch, im Gegenteil. Er sah weg. Das war vernünftig und er wusste, dass es vernünftig war. Er sah weg und es hinterließ keinen Kratzer auf dem glatten Lack seiner Seele.
Dann hörte er die niedliche Blonde schreien. Das überraschte ihn nicht, es gehörte dazu. Und wenn sie ganz normal geschrien hätte, wie sie es eben tun ... Nur, sie schrie nicht normal. Sie schrie knochenkalte Gänsehaut erregend.
Jonny hörte weg.
Aber das klappte nicht richtig. Der Lack beschlug sich. Man kann wegsehen, ohne sich lächerlich zu machen, aber wirklich gut weghören kann man nur, indem man sich die Ohren zuhält. Und wer sich die Ohren zuhält, macht sich lächerlich. Jonny hielt sich nicht die Ohren zu, also hörte er nicht wirklich gut weg. Noch stolperte er nicht. Doch dann endete das knochenkalte Geschrei der Niedlichen wie ein abgerissener Faden. Der Lack knirschte. Jonny stolperte. Zugegeben: er stolperte grandios.
Er raste los wie ein gut geölter Blitz und schaffte es dabei, seine Bügelfalten in tadelloser Ordnung zu erhalten. Sie blieben scharf wie die zwei kurzen, schmalen Messer, die er, eine Klinge nach oben, eine nach unten gerichtet, in seinen Händen hielt.
Jonny brach in das Gebüsch wie ein leuchtender Meteor. Er sah Blondchen auf dem Boden liegen und kräftige Hände um Blondchens Hals und Blondchens Zunge, die dem Himmel zustrebte, spitz und rot und gewunden wie eine brunftige

35

Pfefferschote. Der Meteor zerplatzte und verwandelte sich in einen Schauer aus stählernen Spitzen.

Jonny machte einen Sidestep und implantierte dem Würger die nach oben zeigende Klinge durch Kinn, Zunge und Gaumen gerade so weit, dass sich der Bursche abschüttelte und gebrochenen Auges zur Seite kippte. Schwierig, es im passenden Tempo wiederzugeben. Denn noch ehe Messer eins die Würgerzunge durchbohrte, tranchierte Nummer zwei Kerl zwei auf eine Weise, die der niemals vergessen würde. Zumindest nicht in der kurzen Zeit, die ihm zum Vergessen blieb. Jenes Zweier-Messer schnitt die Därme des Zweier-Kerls salamitaktisch in so dünne Stückchen, dass gewiss keine Nadel mehr anzusetzen war. Die Zusammenflicker hatten Jonnys gute Arbeit schon einmal zunichte gemacht. Einmal reichte. Blondniedlichlein retirierte die ausgefahrene Pfefferschote, schlug Lider auf und weg von glasiert blauen Puppenaugen und keuchte: „Verdammter Trottel! Was lässt du mich nicht endlich sterben?"

In diesem Moment geriet Jonny unwiderruflich und für alle Zeiten ins Taumeln und Schlingern und Seitwärtsschielen, ins Stolpern und Haspeln und Fallen. Er verliebte sich schlagartig. Natürlich tat er seiner Liebe keinerlei Zwang an. Stürmisch näherte er sich Niedblondchen, das, von der Würgerei noch außer Atem, ihrem Retter nach bestem Können zu Gefallen war.

Am selben Nachmittag heirateten sie.

Den Tag darauf vergaß Jonny in alle Ewigkeit nicht - was nach Redensart klingt, aber eine tiefere Bedeutung hat - denn Niedlichlein betrog ihn zum ersten oder zweiten Mal. Jonny filetierte den schuldigen Briefträger und stopfte die unfrankierten Filets in einen Briefkasten, Blondchen prügelte er ein bisschen, aber nicht genug, denn noch am gleichen Abend ließ sie sich mit dem Hausmeister ein. Jonny benützte die Badewanne, um ihn fachgerecht einzusülzen. Später wollte er ihn in delikaten Happen verhökern. Der Gedanke an den zu erwartenden Gewinn dämpfte seinen Zorn so sehr, dass er von zusätzlicher Strafe absah.

Einen weiteren Tag darauf fiel Jonny etwas ein.

„Warum wolltest du sterben?""

„Ich bin nymphoman", sagte Blondchen, steckte einen rosigen Zeh zum Fenster hinaus und ließ ihn von einem flatterhaften Aasgeier küssen.

Das Fenster gehörte zu Jonnys Appartement im 44. Stock.

„Das hättest du auch vor der Hochzeit sagen können!", mäkelte er und, wissend, dass es so nicht weitergehen konnte, versetzte Niedlichlein einen kräftigen Schubs. Auf dem Weg nach unten verknallte sie sich noch rasch in einen Fensterputzer. Es war Liebe auf den letzten Blick.

Doch auch für Jonny kam die Einsicht zu spät. Wenn einer wie er erst einmal ins Stolpern und Schlingern gerät, dann ist das fatal. Nur eine Stunde nach Blondniedlichleins Begräbnis torkelte er in eine Bleikugel soliden Kalibers und verendete. Jeder Anfänger wäre ihr billigst ausgewichen. Aber im Grunde seines nunmehr zu Gelee erstarrten Herzens war Jonny eben immer noch taumelnd verliebt.

Abendmahl

Die Franks wohnten in einer Gegend, die man einem Freund nicht empfehlen würde. Einen wirklich guten Freund würde man sogar mit allen Mitteln daran hindern, sich dort auch nur umzusehen. Erbtanten und Schwiegermütter schickte man andererseits ganz gerne hin, vornehmlich nachts. Soviel zum ideellen Teil. Praktisch verirrte sich ohnehin kein halbwegs vernünftiger Mensch länger dorthin als er Zeit brauchte, um wieder zu verschwinden. Zwischen Abbruchhäusern und Brandruinen standen Gebäude, die offenbar noch bewohnt wurden. Autos parkten davor, die aussahen, als wären sie mehrere Jahrhunderte alt, was erwiesenermaßen unmöglich ist. Wohin man den Blick wandte, starrten einem leere, schwarze Fensterhöhlen entgegen. Brachialpoeten erinnerten sie regelmäßig an ausgestochene Augen.

Es hatte vor Jahren ein Ereignis gegeben, das dem Viertel den Kragen umgedreht hatte und seither verkam es mit jedem Tag mehr. Die Menschen, die noch hier lebten, waren entweder bettelarm oder abgrundtief verzweifelt, meistens beides, oder sie lebten hier, weil auch solche Viertel manche Vorteile bieten. Die Polizei, nur um ein Beispiel zu nennen, wagte sich allenfalls in gepanzerten Wagen vor – und das bei Tageslicht. In der Nacht galt ausschließlich das Recht des Stärkeren, die Staatsgewalt pausierte, die ordinäre Gewalt der Straße trieb üppige Blüten. Da kamen Sachen vor ...

Nun, sprechen wir von den Franks. Sie bewohnten ein Haus mit Garten. Das gab es gelegentlich inmitten der Asphalt- und Betonwüste, Relikte aus früheren Zeiten. Es war keine Repräsentationsvilla, aber ordentlich instandgehalten, die Scheiben intakt, der Rasen gemäht, sogar einige Tulpen standen herum – lang, aufrecht und einfältig wie Gardisten, die den Aufbruch verpasst hatten. Hinter den intakten Scheiben hingen Vorhänge, grün-weiß karierte Vorhänge. Wenn es Nacht war und die Franks das Licht einschalteten, zeichnete das Muster grobe Karos aus Licht auf den Rasen vor dem Haus. So war es auch an jenem Abend, von dem hier die Rede ist. In der Nachbarschaft regierte die gewaltgeladene Stille, die selbst verliebten Katern Zurückhaltung gebot. Geräusche waren nie Hintergrund, immer Eruption. Aufheulende Motoren, aufheulende Menschen, zwei Minuten Madonna mit 2.000 Watt, der Schrei eines Schoßhündchens, das aus dem achten Stock geworfen wurde. Die Straßen blieben leer. Wenn irgendeiner von irgendwohin irgendwo andershin ging, war er nicht Mensch, sondern Schatten. Keine Nacht, in der nicht eine Dynamitstange in eine Bude geworfen wurde, keine Nacht, in der nicht Säure tröpfelte.

Grobe, warme Karos aus Licht sickerten in den Rasen vor Franks. Niemand tat den Franks etwas zuleide. Keiner wusste warum. Sie saßen in ihrem Häuschen und aßen. Schüsse fielen. Zuerst vereinzelt, dann mischte eine MP mit, dann wurde es für vierzig, fünfzig Sekunden wirklich laut. Dann wieder Ruhe. Gefährliche, mörderische Ruhe.

Herr Frank saß am Tisch, wischte sich den Mund und seufzte zufrieden, verabsäumte es nicht, den Seufzer zur Erbauung der Hausfrau in Worte zu kleiden.

„Ein Gustostück, Mutter. Was für ein Jammer, dass es das letzte war. Was für ein Jammer, dass es ein Ende geben muss."

Herr Frank dachte nicht in den Kategorien der Ewigkeit, sonst hätte er sowas nicht gesagt.

Frau Frank war klein, mager und grau. Kommentarlos räumte sie den Tisch ab. Velma, die aufgenommene Verwandte, selbstverständlich Waise, lächelte sowohl schüchtern als auch zustimmend. Diese schüchterne Zustimmung lag in ihrem Wesen, in jeder Faser ihres Körpers. Egal welche Stellung Velma einnahm, immer war schüchterne Zustimmung ihr Programm. Grob gesprochen.

Velma war eine Schönheit. Der Schönheit Eigenschaften: bezaubernd, zart, tiefgründig, gesund, verwirrend, echt. War der intakte Palast der Franks im Scherbenviertel schon mehr als ungewöhnlich, so war Velma im Haus der

weitgehend farblosen Franks geradezu eine Paradoxie.
Paradoxie: *der Widerspruch in sich.*

Was in Velmas violetten Augen stand, war zweifellos
geeignet, manchen Mann um den Verstand zu bringen.
Frau Frank stand an der Abwasch, Velma trocknete ab, Herr
Frank las die Zeitung zum zweiten Mal, weil er ein Anhänger
der Theorie war, dass ein braver Bürger ein gebildeter Mann
sein müsse. Und nichts bildet brave Bürger mehr als die
Lektüre der Tageszeitung, einmal morgens, einmal abends.
Über die Schüsse verlor niemand ein Wort.
Frau Frank wusch das Geschirr, Velma trocknete ab. Etwas
schlug gegen die Tür. Die Tür gab nach. Ein blasser junger
Mann taumelte ins Zimmer. Recht attraktiv, wenn man davon
absah, dass sein linker Arm herabhing wie eine schlecht
befestigte Attrappe und ein dichtes Netz aus feinen, dunklen
Fäden die schlaffe Hand überzog. Vom seinen Fingern tropfte
Blut. Auf groteske Weise wirkten sie von dem trocknenden
Blut verlängert.
Frau Frank und Velma, je einen Teller in der Hand,
betrachteten den Mann. Herr Frank brummte etwas und legte
seine Zeitung beiseite. Niemand dachte daran, einander
vorzustellen. Der junge Mann eröffnete das Gespräch.
„Helfen Sie mir."
„Guten Abend", sagte Herr Frank.
„Sie sind hinter mir her. Wenn Sie mir nicht helfen, bringen
sie mich um. Ich zahle."
Herr Frank runzelte die Stirn. Nächstenliebe darf nicht
käuflich sein. Aber er war nicht kleinlich. Frau Frank nickte
zustimmend. Herr Frank nickte ebenfalls. Auch Velma nickte.
Sie fasste den jungen Mann an der gesunden Hand und führte
ihn zu dem Kämmerchen unter der Stiege. Den Staubsauger,
der dort untergebracht war, tauschte sie gegen den jungen
Mann und schloss die Tür. Dann nahm sie einen Fetzen und
wischte das verräterische Blut vom Boden. In gewissermaßen
demselben Moment drang der Verfolger ein.

Der Verfolger war älter. Hätte man seine Seele extrahiert, wäre ein sibirischer Tiger heraus geträufelt. Plus eine Tonne Gemeinheit. Zum Frühstück ließ sich der Mann von Schlangen beißen. Das machte ihn richtig giftig. Was soll man von so einem halten? Apropos halten: Er hielt eine Pistole in der Hand. Er hatte die ruhigste Hand der Welt. Die beiläufigste. Beiläufig fixierte die Pistole einen imaginären Punkt ober der Nasenwurzel von Herrn Frank.

„Wo ist er?"

Keine Antwort.

Der Tiger nippte an Velmas violetten Augen.

„Wo ist er?"

Velmas Zungenspitze flatterte kurz über Velmas Lippen. Aber sie schwieg.

„Zum letzten Mal. Wo ist er?"

Keine Antwort.

Der Tiger schickte eine Kralle spazieren und schnappte sich das Mädchen. Er zerriss ihr Kleid, ihr Unterkleid und ihre Unterwäsche. Er warf sie rücklings auf den Tisch, ohne dass die Pistole ein einziges Mal ihr Ziel aus dem schwarzen, hohlen Auge verlor.

„Wo ist er?"

Velma keuchte, ohne sich weiter zu äußern. Des Tigers unbeiläufige Hand knabberte am Hosenschlitz.

„Ich hab's nicht eilig."

Herr Frank schwieg. Er wusste, dass der Tiger beides wollte, den Jungen und Velma. Und Herrn Frank. Aber nicht Frau Frank. Sie war dem Blick des Tigers entgangen. Frau Frank war eine Spinne. Herr Frank konzentrierte sich auf die Mündung der Pistole. Lautlos schlich die Spinne aus dem Halbschatten. Sie hielt die Axt hoch erhoben. Der Tiger rückte Velma zurecht wie einen Gebrauchsgegenstand, es machte ihm Spaß, es lenkte ihn ab. Die Spinne stand bereit.

Schmatzend teilte die Axt des Tigers Haupt.

„Nicht übel", sagte Herr Frank.

„Ich muss mich umziehen", sagte Velma.

Der junge Mann zitterte aus seinem Versteck und staunte. Er hatte junge Nerven und stotterte.

„Da da danke!"

Velma kam zurück. Sie trug einen grauen Arbeitskittel.

„Danke", stammelte der junge Mann. „Sie haben mich gerettet. Ich hab's gesehen. Es ist nicht zu viel verlangt, dass ich Sie liebe."

Velma hatte ihn von Anfang an gemocht.

Der Junge: „Ich schulde Ihnen so viel. Ich werde es nie vergelten können."

Herr Frank machte eine begütigende Kopfbewegung.

„Nie!", bekräftigte der junge Mann.

„Machen Sie sich deshalb keine Sorgen", sagte Herr Frank. „Sie werden uns viel Freude bereiten."

„Wenn ich kann", meinte der junge Mann zweifelnd.

Herr Frank nickte. Frau Frank nickte. Velma trieb das spitze Schlachtmesser in das Herz des jungen Manns. Von hinten. Wenn sie es nicht sehen, regen sie sich nicht auf. Frau Frank holte die Schürzen.

Die Arbeit war schwer, die Kühltruhen voll, Herr Frank zufrieden.

„Großartiges Material", sagte er. „Nicht zu vergleichen mit den Weichlingen aus der City."

Sein Appetitauge streichelte Velma.

„Was meinst du, Schatz?"

Velma errötete herbstabendlich und lächelte violettäugig, zustimmend und schüchtern.

Partnersuche

Ich kann mich noch genau an den Schilfwinkel erinnern. *Ganz genau.* Auch wenn mir das viele nicht zutrauen würden. Immerhin hatten wir ihn gemeinsam entdeckt, auf einem unserer Streifzüge. In den darauffolgenden Jahren kamen wir ungezählte Male wieder. Der Schilfwinkel war weit und breit der beste Angelplatz. Wir waren allerdings weit davon entfernt, die besten Angler zu sein. Die Fische fürchteten uns nicht, sie liebten uns. Sie wurden fett von den Menüs, die wir ihnen während der Anfütterungszeit servierten. Sie stürzten sich darauf und ließen alle Vorsicht außer Acht. In der Fangsaison nahmen sie dagegen nur die Lockspeisen. Unsere liebevoll präparierten Köder ignorierten sie. Dicke goldene Karpfen warteten im Schilf, mächtige Schleien schwebten als schwere Schatten knapp über dem Grund. Barben, Brachsen und Barsche umkreisten das Boot, in der Dämmerung wagten sich armdicke Aale aus ihren Verstecken. Und wir, wir zogen hin und wieder einen Jungfisch an Bord, ein elendes Leichtgewicht, vermutlich ein Opfer seines Stammes, um die Götter, die das Futter spendeten, bei der Stange zu halten. Wir empfingen ihre Gabe als Sportsmänner, wendeten alle Geschicklichkeit und Ausrüstung auf, um sie sicher zu bergen. Und dann lag er da, der zappelnde Winzling und landete in der Reuse, die wir vor dem Aufbruch in stillschweigender Übereinkunft öffneten, um ihn zu befreien. Hin und wieder, wenn einer beim Fang verletzt wurde, aus dem Maul oder den Augen blutete, nahmen wir ihn mit. Ab und zu muss man eine Beute vorweisen und sei's nur, um das Misstrauen der Katze zu beschwichtigen. Aus all dem wird man zu Recht schließen, dass der Angelerfolg nicht im Mittelpunkt unserer Ausflüge stand. Uns ging es mehr um die Ruhe, das lautlose Dahingleiten des Bootes, um den Frieden, den sanft bewegtes Wasser unweigerlich auslöst, dieser helle, leicht wogende Spiegel unserer Seele, der den dafür empfänglichen Menschen zu sich selbst zurückführt. Wir liebten den Duft des Sees, das

Schleifen des Schilfs im Rhythmus von Wellen und Wind, das Beobachten dieser eigentümlichen Grenzwelt, wo Wasser und Luft aneinanderstoßen und sich eine seltsame Gemeinde versammelt: Bisamratten, Ringelnattern und Würfelnattern, Haubentaucher, Schwäne und Enten, dichte Ströme von Jungfischen, die unbekannten Signalen folgend vorüberziehen. Fledermäuse, die in der Dämmerung ihre Jagd beginnen und Gelsen. Gelsen verschwinden nicht mit Einbruch der Nacht, das ist eine Legende. Gelsen verschwinden, wenn sie satt sind. Und Gelsen sind nie satt. Mein Blut liebten sie. Nun - letztlich gehörten auch wir zu dieser Grenzwelt, eingefügt in den großen Reigen der Opfer und der Jäger, die selbst wieder zu Opfern werden ...

Aber mir scheint, ich schweife ab. Ich habe mich ja zu Wort gemeldet, um eine Geschichte zu erzählen, meine Geschichte. Dennoch muss man mir Verständnis zubilligen. Drei Jahre des Schweigens sind eine lange Zeit, eine sehr lange Zeit für einen Menschen, der sich in Gesellschaft immer wohl gefühlt hat, eine kleine Ewigkeit. Drei Jahre habe ich gewartet. Doch jetzt ist der Augenblick, auf den ich gewartet habe, nicht mehr fern. Mein Freund ist gekommen. Jetzt habe ich keine Angst mehr, den richtigen Moment zu verpassen. Mein Freund ist gekommen, nur das zählt. Wer drei Jahre gewartet hat, dem kommt es auf einige Minuten nicht mehr an. Wie lange kann es noch dauern? Eine halbe Stunde, eine Stunde ... Vorfreude ist etwas Wunderbares. Die Rückkehr war für mich nicht einfach gewesen. Die Strömung hatte mir geholfen, auch die Schlingpflanzen. Mein Freund ist gekommen. Er wirft den Köder immer knapp an den Rand des Schilfgürtels.

Aus irgendeinem Grund waren wir damals in Streit geraten. Ich weiß nicht mehr warum. Vermutlich eine Lappalie. Mein Gedächtnis beginnt leider spürbar nachzulassen. Wahrscheinlich war es einer dieser nichtigen Anlässe, die einen verständnislos den Kopf schütteln lassen, wenn andere davon erzählen. Alkohol war auch im Spiel. An und für sich konnten wir damit ganz gut umgehen, aber ein Verstärker wird er wohl gewesen sein. Wie auch immer, der Gaff war mir seit jeher unheimlich. Ekelhafte Geräte sind es, ekelhaft wie ihr Verwendungszweck. Es sind kräftige, zu Haken gebogene Spieße mit einem langen Griff. Jene Fischer, die wirklich große Fische fangen, bohren den Haken durch die Kiemen in den Schlund der Beute und ziehen sie dann hoch.

Wir waren nie in die Verlegenheit geraten, einen Gaff zu benützen, aber natürlich hatten wir einen an Bord. Wir hatten alles an Bord. Wir hätten einen fahrenden Handel eröffnen können, so gut waren wir bestückt. Keiner von uns konnte den tausend nützlichen Kleinigkeiten widerstehen, die in den Auslagen der Fachgeschäfte liegen. Ich habe immer Verständnis für Frauen gehabt, die wie im Rausch Kleider oder Schuhe kaufen. Wir schleppten zentnerweise Ruten, Schnüre und Haken nach Hause, um uns an ihrem bloßen Besitz zu erfreuen.

Ich verliere schon wieder den Faden, das tut mir leid. Ich bin es nicht mehr gewohnt, Gespräche zu führen. Zurück zur Geschichte. Er hat es nicht absichtlich getan, das habe ich ihm nie unterstellt. Eine spielerische Drohgeste, eine zu heftige Bewegung, vielleicht dieser Funke blanker Gewalt, der manchmal für Sekundenbruchteile in uns aufflackert und uns selbst zutiefst erschreckt.

Es war ein Unfall, ein ganz niederträchtiger Unfall und verdammtes Pech dazu, denn die Spitze des Gaffs drang gar nicht tief in meinen Nacken, aber sie traf einen Lebensstrang. Ich war augenblicklich gelähmt. Er erschrak furchtbar, als er merkte, dass er mich verletzt hatte. Aber das war nichts gegen sein Entsetzen, als er erkannte, was wirklich mit mir los war. Ich konnte mich nicht rühren, nicht einmal sprechen, nur meine Augen bewegen. Zuerst dachte er noch, ich machte einen Witz, um mich zu rächen. Dann begriff er, dass es kein Witz war, dass es tatsächlich passiert war, dass eine kleine, unbeherrschte Dummheit diese Folgen nach sich zog. Es brach über ihn herein wie ein einstürzendes Gewölbe und das wirkte auf ihn umso schlimmer, als sein Gewölbe noch

Sekunden vorher für die Ewigkeit gefügt schien. Ich sah es an seinem Gesicht und paradoxerweise empfand ich in dieser Situation Mitleid mit ihm. Der Schock überstieg die Grenzen seiner Belastbarkeit. Unter dieser übermenschlichen Anspannung zerriss etwas, sein Gesichtsausdruck veränderte sich. Es war wie in manchen Filmen, in denen freundliche, menschliche Gesichter plötzlich zu schrecklichen Fratzen werden, zu Ungeheuern, die hinter der Fassade lauem und nur auf ihr Stichwort warten, um Hass und Grausamkeit zu säen und Menschenblut zu trinken.

Natürlich wuchsen ihm keine Reißzähne oder Wolfsohren, aber unübersehbar war etwas Fremdes über ihn gekommen. Seine Bewegungen verwandelten sich in eine Art mechanische Leblosigkeit, seine Augen wurden klein und dunkel und entschlossen. Ich bekam Angst. Ich hatte vom Moment der Lähmung an Angst gehabt, panische Angst sogar, aber die neue Angst war anders, tiefer, existenzieller und endgültiger. Sie umklammerte mich mit Stahlklauen, die mir ins Herz drangen. Sie drohte mich auszulöschen.

Ich hatte nur meine Augen, um mich zu wehren. Ich versuchte mit den Augen zu sprechen, ihn zu hypnotisieren. „Tu's nicht!" schrien meine Augen. „Nimm doch Vernunft an!" Er starrte mich an und er verstand mich, davon bin ich überzeugt. Aber er legte die Riemen ein und ruderte in die Abenddämmerung, hinaus auf den einsamen See. Er hätte zur Anlegestelle rudern müssen, zum Auto, zu Menschen, zu einem Arzt - aber er ruderte in die Stille. Da wusste ich, dass ich mir nichts eingebildet, sondern seine eiskalte Entschlossenheit richtig gedeutet hatte.

Ich wollte es trotzdem nicht glauben. Ich kapitulierte nicht. Uns verband eine alte Freundschaft, eine außerordentliche Freundschaft. Das versuchte ich ihm klarzumachen. Aber ich sprach ja nur mit meinen Augen und der Gegner war übermächtig. Nicht mein Freund war der Gegner, sondern das Böse, das ihn überrumpelt, die Angst, die ihn zerbrochen hatte. Ich durchschaute ihn jetzt, als wäre er aus Glas. Die

Angst vor den Folgen des Unfalls beherrschte ihn vollkommen. Sie hatte die Macht übernommen und alle Gefühle ausgeschaltet. Seine Entschlossenheit war so gefährlich, weil sie nur die Kehrseite dieser nackten, übermächtigen Angst war, des stärksten Antriebs überhaupt. „Hab doch keine Angst!", flehte ich. „Es war ein Unfall. Wir werden es erklären. Nichts wird geschehen!"
Er starrte mich an. Gleichmäßig tauchten die Ruderblätter in die glatte Schwärze des Sees.
Drei Jahre sind vergangen. Heute ist das Wasser hell von der Sonne und dem weißen Schlamm. Dennoch kann man vom Boot aus den Grund nicht sehen. Feingekräuselte Wellen überziehen den Kristallkörper. In ihnen bricht sich das Licht und legt sich wie eine funkelnde Decke über den See. Ich erinnere mich gut an diese strahlenden Herbsttage und ihre intensiven Himmel. Sie sind erfüllt von einem zarten Schmerz, der sanft an unserem Leben saugt. Man legt sich im Boot auf den Rücken und überlässt sich den Farben, dem Wind, dem Wasser, der Sonne. Man verliert sich selbst und genießt den Verlust.
Damals war es beinahe Nacht, das Ufer ein schwarzer Streifen, der See leer – ausgeschlossen, dass uns jemand beobachtete. Nach einer Viertelstunde zog er die Riemen ein und verstaute sie im Boot. Wir verwendeten abgebrochene Baggerzähne als Anker. Er griff danach, obwohl es viel zu tief zum Ankern war. Er nahm einen Strick und band mir einen Kranz davon um die Fußgelenke. Er machte es nicht sehr sorgfältig. Eine Sekunde hoffte ich noch, hielt es für ein Zeichen, dass sein Wahnsinn wich. Aber es blieb eine trügerische Hoffnung. Diese alles überschattende, alles auslöschende, tödliche Angst war viel stärker als er.
Ich ertrank rasch. Mit den Augen kann man nicht um sich schlagen, sich gegen das Gewicht nach oben stemmen, nach Luft schnappen und das Ende hinauszögern. Ich sah ihn nur an. Sah ihn an bis die Wasserschleier sein Bild in kleine Schatten zerlegten, die in immer größeren Schatten aufgingen

und schließlich im Schatten des Himmels und des Sees versanken. Und er sah mich an.

Ich hoffte, dass meine ertrinkenden Augen ihn in seinen Träumen heimsuchen, dass sie ihn in vielen schlaflosen Nächten umgeben und ihn mit ihrem stummen Vorwurf verrückt machen würden. Dann schob sich Dunkelheit zwischen uns. Die Dunkelheit dreier Jahre.

Vermutlich suchte man nicht einmal nach mir. Ich bezweifle, dass mein mörderischer Freund in irgendeiner Weise in Verdacht geriet. Ich hatte keine Familie, gab niemandem Rechenschaft über mein Kommen und Gehen, lebte monatelang im Ausland. Nein, es war unwahrscheinlich, dass überhaupt jemand Verdacht schöpfen würde und ganz gewiss nicht gegen meinen besten Freund. Mir war es recht so.

Anfangs befand ich mich in einer üblen Lage. Ich steckte bis zu den Knien im Schlamm, hilflos der Verwesung ausgesetzt. Doch eines Tages, vielleicht war es auch Nacht, löste sich das Seil. Langsam, sehr langsam, machte ich mich auf den Rückweg. Schlingpflanzen trugen mich, Fische stupsten mich in die richtige Richtung, eine Bodenströmung nahm mich in ihre Arme. Und heute bin ich hier, heute ist es soweit.

Der Köder ist noch zehn Zentimeter von meinem Kopf entfernt. Eine große Schleie spielt mit ihm. Sie wird ihn nicht nehmen, das weiß ich.

Ich zweifelte nie daran, dass mein Freund seine Angelausflüge fortsetzen würde. Er war viel zu vorsichtig, um durch eine plötzliche Änderung seines Verhaltens Argwohn zu erregen. Ich kannte ihn gut. Selbst wenn man ihn nicht im entferntesten mit meinem Verschwinden in Zusammenhang brachte, würde er um keinen Preis etwas riskieren. Er gab sich keine Blöße, niemals. Das war letztlich auch der Grund für diese übermächtige Angst, die mich getötet hatte. Er hätte für eine große Dummheit die Verantwortung übernehmen, sich bloßstellen, einen Fehler zugeben müssen.

Und davon abgesehen liebte er den Schilfwinkel. Vielleicht hatte er den Unfall und seine Folgen längst verdrängt. Vielleicht war der Mord für ihn nur ein bleicher Alp, ein unwirkliches, gespenstisches Geschehnis, das in seiner realen Welt nichts verloren hatte. Vermutlich war der verhängnisvolle Abend für ihn nur mehr ein Traumgebilde inmitten sprühenden Lebens - etwas beunruhigend, aber doch schon beruhigend fremd und fern. Eine alte Narbe, an deren Herkunft man sich kaum erinnert.

Der Köder taumelt auf mich zu. Die Schleie hat ihn ein wenig hochgewirbelt und ist dann abgedreht. Der kleine Wirbel hat genügt. Jetzt ist es wirklich soweit. Die Hakenspitze bohrt sich ganz leicht in meinen Gaumen.

Zu meinem Aussehen ist nicht viel zu sagen. Drei Jahre unter Wasser sind eine lange Zeit. Der See lebt in allen seinen Schichten. Ich bot vielen Gästen Nahrung. Aber er wird mich wiedererkennen, da bin ich sicher. Meine gute Lederjacke hängt noch an mir. Sie ist für die Ewigkeit gemacht, schwärmte der Verkäufer. Er behielt recht.

Mein Freund reagiert lange nicht. Eine Stunde vergeht. Nach dieser Zeit wird er üblicherweise ungeduldig. Er hat sich nicht verändert. Schon spüre ich den Zug, spüre, wie sich der Haken fest in mir verankert. Jetzt bewege ich mich! Schnell! Und spürbar nach oben!

Erstmals seit drei Jahren teilt sich wieder die Wasseroberfläche. Luft! Sonne!

Ich höre seinen Schrei nicht. Ich sehe nicht seine hervortretenden Augen. Ich sehe nicht die widerliche Larve, zu der sich sein Gesicht verzerrt. Ich sehe nicht den Ruck, der durch seinen Körper geht. Ich sehe nicht seine Hand, die ober seinem stockenden Herzen erstarrt. Aber ich fühle das alles. Ich gleite zurück ins Wasser und genieße das Schweben in meinem Element. Ich fühle die Erschütterung, die der Leichnam des Freundes beim Sturz in den See verursacht. Ich fühle Freude, ich fühle, ich bin nicht mehr allein. *Die Jahre der Einsamkeit sind vorüber*.

Schnappschüsse

Das Metall fühlte sich kalt an. Er mochte es nicht. Schon gar nicht am Hals. Als Kind hatte er allerdings gern mit der Eisenbahn gespielt. Als Kind war alles anders gewesen. Zu dumm, dass er sich kaum bewegen konnte. Er wäre gern losgekommen von dem kalten Metall. Zu dumm, die ganze Situation. Hätte er diese Entwicklung voraussehen müssen? Darauf gab es keine Antwort. Man kann Kriege voraussehen, Mondfinsternisse und die Wiederkehr der olympischen Spiele, neuerdings sieht man sogar Erdbeben voraus – wenn auch reichlich ungenau – aber was immer die Astrologen schwätzen, Einzelschicksale bleiben unberechenbar, den Sternen zum Trotz. Obwohl uns die Sterne allerhand sagen wollen, aber ... Er horchte in die Stille der Nacht. Irgendwo steckte Hilde, vermutlich ganz in der Nähe. Er sah und hörte nichts von ihr. Wenn er wenigstens einen Blick auf seine Uhr hätte werfen können.

Die erzwungene äußere Tatenlosigkeit trieb ihn zur Innenschau. Zuallererst begegnete ihm Angst. Eine stumme und zurückgedrängte Angst zwar, aber jederzeit bereit hell aufzulodern. Sinnlos, sich damit zu befassen. Sinnlos und gefährlich. Jetzt kam es darauf an, ruhig zu bleiben, ganz ruhig, konzentriere dich auf deine Atmung, es gibt keinen Brechreiz, tief atmen, ganz tief ... Er fühlte den Schweiß auf seiner Stirn. Ganz ruhig, tief atmen, ganz tief und ganz ruhig ...

Zwei Fehler hatte er gemacht, nein, viele Fehler, aber zwei waren schwerwiegend gewesen.

Wie seltsam, wie bedrohlich, dass alle Warnsignale der Vernunft verpuffen, sobald ein Fehler jung, gut gebaut und bereitwillig ist. Das war also der eine. Der zweite hatte mit der Spekulation zu tun. Man sollte nicht mit Geld spekulieren, das einem nicht gehört. Und wenn doch, dann sollte man es nicht verlieren. Und wenn doch, dann sollte man den, dem es gehört, zumindest vorher gefragt haben. Das hatte er leider nicht getan. Er hatte auf Hildes Toleranz und Humor gebaut und sich auch dabei verspekuliert.

Außerdem – die Fehler häuften sich – hätte er bedenken müssen, dass einer Fotografin nicht zu trauen ist. Sie hatte Verdacht geschöpft und eine Kamera im Schlafzimmer installiert. Gut getarnt und so eingerichtet, dass sie bei seiner Stimmfrequenz automatisch auslöste. Das hatte, während Hildes letzter Geschäftsreise, eine Serie brisanter Bilder ergeben. Hilde war auf technischen Firlefanz spezialisiert – ein gutes Beispiel, wohin es führt, wenn Frauen in Männerdomänen einbrechen.

Mit dem Geld war wirklich alles schiefgegangen. Zum Teil ihre eigene Schuld. Was war sie so vertrauensselig und ließ ihre Sparbücher im Kasten liegen? Und verriet ihm das Losungswort?

Ein Vermögen hätte er machen können. Dann hätte sie ihn mit anderen Augen angeschaut. Freilich war das Risiko hoch gewesen. Ohne Risiko macht man keine Vermögen, das weiß jedes Kind.

Er horchte auf. Augenblicklich brannte wieder Angst in seinen Nerven, schlimmer als frische Glut. War da ein Geräusch, ein noch sehr fernes Geräusch? Alle seine Sinne schienen sich im Gehör zu konzentrieren und seine Leistung zu vervielfachen. Er hatte sich wohl getäuscht. Soweit würde sie es nicht kommen lassen.

Da ist was nicht in Ordnung. Das hatte er sofort begriffen, als er die süße Stimme hörte, mit der sie ihn in die Dunkelkammer rief. Dort zeigte sie ihm die Fotos.

„Sie hat eine nette Figur", lobte sie. „Du bist auch ganz schön in Fahrt, mein Lieber. Schade, dass ich nicht viel davon habe. Gewiss, ich bin einige Jahre älter. Aber ja, Liebling, daran ist nicht zu rütteln. Ich verstehe dich doch."

Sie hatte ihm die Wange getätschelt und eine Auswahl von Bildern vorgelegt, auf denen sein Gesicht nicht zu erkennen war, sonst aber mehr als genug und Eileen besonders deutlich.

„Reizend, nicht wahr? Ihre Familie wird viel Freude daran haben."

Sie ließ ihn nicht zu Wort kommen.

„Zu spät, tapfrer Ritter – das hat doch mit Reiter zu tun? – ich komme eben von der Post. Die Kleine hat Anspruch auf Öffentlichkeit. Ihre Eltern sind doch diese steifen, hochnäsigen Patrizier, die du mir einmal vorgestellt hast? Die ist sie wenigstens los. Die anderen Mappen habe ich ziemlich wahllos verschickt. Diese altmodischen Leute versuchen doch immer, ihren Dreck unter den Teppich zu kehren."

Er dachte an die sensible Eileen und schüttelte stumm den Kopf Zu mehr reichte es nicht.

„Seltsam", fuhr Hilde fort, „wie lange du mich hinters Licht führen konntest. Du und Nachhilfestunden geben! Es ist mir ein Rätsel, dass ich nicht gleich aufs richtige Fach getippt habe. Sie hat dir bestimmt viel zu verdanken. Da fällt der kleine Skandal nicht so ins Gewicht. Die Menschen vergessen schnell, in zehn, fünfzehn Jahren kräht kein Hahn mehr danach."

Niemand sagt solche Sachen. Sie waren tolerante Menschen. Sie würden einen Bischof küssen. Aber Hilde war schlecht gelaunt. Seine Hilde. Sie hatte eine Menge Geld verdient, das musste er ihr lassen. Sparsam war sie auch gewesen. Nur hätte sie ihm das Losungswort nicht verraten dürfen. Letztlich scheitern Frauen immer an einer gewissen Unfähigkeit, die Welt der Männer zu erfassen. Und sie hatte wirklich einem Bischof die Hand geküsst! Was der jetzt von ihr dächte?

In der Ferne, noch sehr, sehr fern, war tatsächlich etwas zu hören. Ein sanftes metallisches Vibrieren. Hilde trieb den Spaß weit. Es war kein Spaß. Er hätte ihr das erzählt, wenn nur der verdammte Knebel nicht gewesen wäre. In Männerwelten gibt es keine Knebel. Männer reden furchtlos bis zur Verzweiflung. Männer überzeugen gnadenlos.

Dieses elende ferne Vibrieren.

Ein blödsinniges Missgeschick, dass sie den Film gerade an dem Tag entwickelte, als das mit den Sparbüchern aufkam.

Jetzt wollte sie Anleihen kaufen. Sparbuchleute sollten niemals Anleihen kaufen, niemals. Das hatte sich ja auch erledigt. Eigentlich hätte er gedacht, sie besser in der Hand zu haben. Vermutlich war er wegen der Fotos paralysiert gewesen, denn sie hatte ihn schlicht überrumpelt, ihn ins Wohnzimmer geführt und ihm dort den Drink eingeflößt.

„Was hast du mit dem Geld gemacht?", hatte sie gefragt. Typisch Frau. Einem, der schon am Boden liegt, auch noch ins Kreuz treten.

Wieder reichte es nur zu stummem Kopfschütteln.

„Sag nichts. Die Riesenchance?"

Er stürzte seinen Drink hinunter. Noch ein Fehler.

„Die Riesenchance bei dem Riesenarschloch?"

Das schockierte ihn. Dennoch nickte er.

„Ich habe mich erkundigt Die Banken kennen ihn wirklich. Er hat eine Drei-Ordner-Akte beim Betrugsdezernat."

Warum hatte sie sich nicht früher erkundigt? Ihm wurde schlecht.

„Ich habe hart gearbeitet für das Geld. Verstehst du das?"

Klar doch. Und plötzlich war es weg. Bankmanagern dreht man deshalb auch nicht gleich den Hals um, oder Vermögensberatern. Das ist unzivilisiert. Ihm war so übel.

„Ich habe dir vertraut", sagte sie. „Das macht es zehnmal schlimmer."

Er wurde immer müder. Zehnmal müder, weil sie ihn so hereingelegt hatte, indem sie ihm das Losungswort verriet. Aber nein, es war der Drink. Sie hatte etwas hineingeschüttet und er hatte zu schnell getrunken.

„Ich werde mir eine Entschädigung holen. Und sei's nur eine finanzielle."

Sie war noch viel bitterer als der Drink und ein Drink darf ziemlich bitter sein. Aber weshalb schwoll ihre Stimme an und ab wie die Stimmen der Funker in alten Kriegsfilmen? Der Krieg war vorbei. Menschen töten sich heute, weil sie Menschen sind und sich hassen. Das, was sie Kriege nennen …Es störte ihn, dass er seine Arme nicht mehr heben konnte. Die Beine waren aus erkaltendem Blei.

„Echten Ersatz kannst du mir nicht leisten", sagte sie. „Echte Wunden kann man nicht heilen. Mit echten Wunden lebt man bis zum Ende. Trotzdem wirst du mir ein wenig Ersatz leisten."

Gewiss. Er könnte versuchen, seine Sammlung alter Zigarettenstummel zu verkaufen. Er war zu schwach, um es vorzuschlagen.

Das Geräusch kam näher. Daran war nicht zu rütteln. Ebenso wenig wie an seinen Fesseln. Was Hilde anpackte hatte Hand und Fuß. Sie war viel kräftiger als sie aussah. Sie hatte ihn in den großen Koffer mit den Rollen gequetscht und ihn über die kleine Rampe hinterm Haus direkt auf die Ladefläche des Kombis gewuchtet. Dort lag er eine scheinbar endlos lange Zeit, vermutlich zwanzig oder dreißig Minuten, dann fuhr der Wagen an. Er befand sich in einem bedauernswerten Zustand zwischen Schmerz, Wut und Verzweiflung. Solche Scherze machte man nicht mit ihm. *Nicht mit ihm!* Aber was konnte er tun? Er legte sich Worte zurecht, Sätze und ganze Reden, mit denen er sie vernichten würde, wie einen Wurm in die Erde treten, wie eine weiße Made unter dem Absatz zermalmen. Dabei konnte er in seiner beengten Lage nicht einmal etwas gegen das Rütteln und die Stöße der Fahrbahn unternehmen. Er musste am ganzen Körper blaugesprenkelt sein und kämpfte gegen Erstickungsgefühle. Und gegen die Angst, die mit jeder Minute in diesem Koffer größer wurde.

Dann stand der Wagen endlich still. Es war ruhig und dunkel. Er konnte sich immer noch nicht bewegen, als sie ihn aus dem Koffer rollte. Doch er würde reden, verlass dich drauf! In dem Augenblick, da er den Mund aufmachte, schob sie den Knebel hinein. Ein paar Handbewegungen und er war mit Klebeband fixiert. Das Gift wirkte immer noch. Wie einen schlappen Sack zerrte sie ihn eine Böschung hoch. Warum ließ sie ihm nicht die Chance, sich zu verteidigen? Kannte sie ihn so gut? Sie fesselte ihn, das Gesicht nach oben, auf etwas Hartes und verschwand. Aus den Geräuschen der folgenden halben Stunde schloss er, dass sie ihre Kameras aufbaute. Wollte sie ihn demütigen bis zum Äußersten und ihre Rache bildlich verewigen? Die Demütigung war ihr schon gelungen. Unter dem Eindruck des lauter werdenden Dröhnens riss er wild an seinen Fesseln und bäumte sich auf. Die Wirkung der Droge hatte nachgelassen. Hilde wünschte wohl nicht, dass er etwas versäumte. Er konnte das harte Licht der Scheinwerfer noch nicht sehen, aber das hatte wenig zu bedeuten. Vielleicht lag er in einer Kurve, hinter einem Waldstück.

Gewöhnlich benützte sie mehrere automatische Kameras, die auf Stativen montiert waren und von einem Auslöser gesteuert wurden.

Dieses Dröhnen! Sie konnte das unmöglich ernst meinen. Hemmungslos entleerte er seine Blase.

Plötzlich fühlte er ihre Lippen an seinem Ohr. Einmal musste sie ja kommen. Sie sollte ihn losbinden, schnell, schneller. Aber sie sagte nur etwas. Was sagte sie denn?

„Hallo Schatz. Es gibt Zeitschriften, die zahlen wirklich gut für solche Fotos. Hier und im Ausland. Bis ins Ausland ist es nur ein Katzensprung. Aber das ist nicht mehr dein Problem."

Sowas durfte sie nicht sagen!

„Du hast ein ganz anderes Problem, ein unlösbares. Mach' trotzdem eine gute Figur, mir zuliebe."

Sie küsste ihn auf die Wange. Das Dröhnen und Rollen und Rattern schwoll an wie die Flut nach einem Dammbruch. Er wurde den Gedanken an den Dammbruch nicht mehr los.

„Höchste Zeit für mich!", schrie Hilde. „Viel Glück!"

Jetzt sah er die Scheinwerfer und gleich darauf die Blitzlichter ihrer Kameras. Er hatte wirklich gerne mit der Eisenbahn gespielt, als Kind. Er hörte noch das Kreischen der Metallräder und sah die aufspritzenden Funken. Das durfte sie nicht!

Von hoch oben betrachtete er aufgeregte Leute, die seinen Rumpf umstanden. Hilde tat längst den Katzensprung. Er hätte ihr das wirklich nicht zugetraut. Es ärgerte ihn.
Doch dann verlor er langsam jegliches Interesse. Ganz beiläufig wurde ihm alles zu einem Meer von Farbe und Licht und grenzenloser Gelassenheit, in dem er aufging wie ein leiser Ruf in der Stille einer Winternacht.

Ich hieß Harald

Er sah in die Mündung und begriff, dass zuletzt alle
Mündungen gleich aussehen.
‚Zuletzt‘ war das Schlüsselwort. Zuletzt ist es egal, ob es sich
um die Mündung einer sündteuren Ferlacher Jagdbüchse
handelt oder um die eines billigen 22-ers mit gesprungenem
Plastikgriff oder ... Aber er verfolgte den Gedanken nicht
weiter. Er hatte keine Zeit zu verschwenden, die Kugel war
schon auf dem Weg. Noch hatte sie den Lauf nicht verlassen,
aber sie war auf dem Weg. Ein kleines Stück Metall, ein
stumpfer Kegel, der Kopf einer schimmernden Patrone, die in
diesem Augenblick Gipfel und Ende ihrer Existenz
verwirklichte. Er hasste sie nicht. Er war ebenso wenig fähig
eine Legierung zu hassen wie den Mann, der hinter der
Mündung stand. Seltsam weit entfernt wirkte der Mann schon;
er befand sich nicht mehr in der gleichen Welt wie Mündung,
Kugel und der Beobachter beider, auf den die Kugel sich
zubewegte.
Er hatte ihn allerdings gehasst, früher. Er hatte ihn so sehr
gehasst, dass er ihn zu genau dieser Tat treiben wollte, um
dadurch sein weiteres Leben zu zerstören. Nur ein kleines,
feines Detail stimmte daran nicht – eigentlich sollte ein
anderer an seiner Stelle stehen.
Das Geschoß verließ den Lauf mit progressivem Rechtsdrall
und einer Geschwindigkeit von beinahe 320 Metern pro
Sekunde. Seine kurze Luftreise begann. Die Passagiere
werden gebeten sich anzuschnallen und ...
Der Mann hinter der Mündung entfernte sich immer rascher
aus der Welt von Mündung, Kugel und Beobachter/Ziel. Es
war Annemaries Mann. Wie oft hatte sie geklagt, dass er
herzlos, brutal und jähzornig sei. Er und noch ein zweiter
waren zwischen dem Beobachter und dem Leben gestanden,
das er zu führen gedachte. Dem Leben mit Annemarie und all
dem Luxus, den eine Frau wie sie brauchte. Freiwillig wollte
ihr Gatte sie nicht ziehen lassen. Sie fürchtete ihn so sehr, dass

sie gar nicht auf die Idee kam, ihn zu fragen. Er war reich, aber das spielte keine Rolle, nicht für Annemarie. Er besaß ein Hotel, Nachtclubs, Boutiquen und einen Autosalon. Wäre er nicht ausgerechnet Annemaries Mann gewesen – und dazu herzlos, brutal und jähzornig – man hätte ihm Geschick und Erfolg zugestehen müssen. Das brachte der Beobachter nicht über sich. Schließlich liebte er Annemarie und war selbst reich. Wäre zumindest reich gewesen, hätte es da nicht jenen zweiten Mann gegeben, der seinem Glück im Wege stand. Es war sein eigener Bruder. Er hatte nie verstanden, warum der Vater den Bruder ihm vorgezogen hatte. Er hätte auch nicht verstanden, wenn irgendein anderer ihm vorgezogen worden wäre. Aber da es nun einmal der Bruder war, stand eben der Bruder im Weg.

In gewisser Weise hatte erst Annemarie ihm das klar gemacht Nicht, dass sie etwas davon wusste, Gott bewahre. Er konnte seine Gedanken gut verbergen. Das war ihm auch beim Spiel immer zugutegekommen. Trotzdem hatte er große Summen verloren, doch war daran sein Pech schuld gewesen. Da half nur Stehvermögen und Hartnäckigkeit. Da musst du durch, sagten die Freunde. Genaugenommen hatte auch alle Hartnäckigkeit nicht geholfen, im Gegenteil.

Dennoch hätte sein Vater nicht so handeln dürfen, er war der ältere. Es ist ungerecht, sagte Annemarie, auf beschämende Weise ungerecht.

So hatte sie ihm also, ohne es zu wissen, die Augen geöffnet. Seither hielt er sie für eine Art Katalysator seiner Persönlichkeit Für etwas, das Wertvolles – seine Persönlichkeit – noch wertvoller machte. So ähnlich funktionierte das doch.

Die Kugel hatte den ersten Meter zurückgelegt, das entsprach einem Viertel ihres Weges. Langsam verblasste nun auch die Mündung, die kurz zuvor noch von großer Bedeutung gewesen war. Die Welt begann sich auf die Kugel und den Beobachter, ihr Ziel, zu reduzieren.

Der Katalysator Annemarie hatte die Männer angeprangert, die sein Glück hinderten. Und zugleich seinen Willen geweckt, die Hindernisse zu beseitigen. Einen großartigen Plan hatte sein Katalysator ihn ersinnen lassen. Ersinnen, vervollkommnen und ausführen. Einen wirklich großartigen Plan. Einen Moment, zwölf Zentimeter Geschoßflug lang, liebte er sich für diesen Plan mehr als er Annemarie liebte. Tatsächlich war es auch ein pikanter Plan, außerordentlich pikant. Der Bruder spielte darin eine wichtige Rolle, des Bruders Abschiedsrolle.

Der Bruder ... nun, ein Mann wie aus lauwarmem Seifenwasser gegossen. Oberflächlich betrachtet höflich und umgänglich, oberflächlich betrachtet ein guter Geschäftsmann, der das Vermögen des Vaters fleißig mehrte. Dennoch wäre sein früher Abgang kein Verlust für die Menschheit, wie Annemarie einmal treffend bemerkte. Sie hatte recht. Er war ein Knicker, geizig gegenüber dem nächsten Verwandten. Gegenüber dem, der nach ihm alles erben würde. Alles! Nicht nur den lächerlichen Pflichtteil, der sich so rasch in Luft aufgelöst hatte.

Er, der neue Erbe, der Wegbereiter seines Erbes, würde zuhause die traurige Nachricht erwarten, später gebrochen am Grab des Bruders stehen, einige Monate verstreichen lassen, die rechtlichen Angelegenheiten regeln, danach ins Ausland ... Nur gut, dass Annemaries Mann so jähzornig war, so verlässlich jähzornig. Gut auch, dass er die Pistole besaß. Mehr ein wildes Tier als ein Mensch, ein Menschenfresser, eifersüchtig, bis aufs Blut gereizt, mit einer Pistole – was sollte da schiefgehen? Es war eine einfache Rechenaufgabe. Und sie hatten gewusst, wie sie ihn bis aufs Blut reizen würden, ja.

Sie hatten es getan. Zehn Minuten vor vier war er, der Beobachter, von Annemarie eingelassen worden. Sie zog sich aus, schnell und zielstrebig. Er hatte sie nie zuvor ganz nackt gesehen. Immer war der Menschenfresser wie eine allgegenwärtige Drohung zwischen ihnen gestanden und hatte die Erfüllung ihrer Liebe verhindert. Nun sah er sie, den Kupferschimmer ihrer glatten, duftenden Haut, Lichtreflexe auf Schultern, Brüsten und Hüften, jene zarte, auffordernde Rundung hoch zwischen den Oberschenkeln. Sie lag vor ihm wie eine Landschaft der Begierde. Er keuchte. Das verdankte er allein seinem Plan, seinem von ihr inspirierten Plan.

Zwei Meter trennten die Kugel von ihrem Ziel. Zwei Meter gleich der Achse der Kugel-Beobachter-Welt, aus der nun auch die Mündung ausgeschieden war. Nichts Überflüssiges hatte Platz in diesem Universum.

Er hatte sie berührt und geküsst, ihren Duft eingesogen. Seine Hände zitterten, er zitterte am ganzen Leib, als habe er Schüttelfrost. Sie lachte und meinte, sie müssten sich beeilen, ihr Mann käme um fünf. In diesen Minuten übernahm sie die Ausführung des Plans. Er war nicht in der Lage, klar zu denken oder zu handeln. Sie zerriss ihre Unterwäsche selbst, damit es echt aussah, das Seidenhöschen, das Hemd ... Er beobachtete sie und hatte das Gefühl als zerrisse sie viel mehr als nur Wäsche, auch mehr als nur Fesseln, noch mehr. Sie zerriss Beziehungen, geheimnisvolle Fäden, die sich zwischen Leben und Tod spannen. Es war sehr symbolhaft und magisch. Geschehnisse wurden damit in Gang gesetzt, die anderen zustoßen sollten, ohne dass sie irgendeinen Einfluss darauf hätten. In ihren Bewegungen steckte eine Kraft, die fremde Schicksale zum Kollabieren zwang. Er war wie hypnotisiert. Sie drängte ihn, sich zusammenzunehmen, beinahe wütend war sie geworden. Er hatte sich zusammengenommen. Trotz seiner zitternden Hände fesselte er sie ans Bett. Ein altmodisches Messinggestell zierte es, mit Schnörkeln, Streben und Bettpfosten – wie geschaffen für diesen Teil ihres Plans.

Annemarie verabscheute das Bett, ihr Mann mochte es. Auch der Bruder, der im Weg stand, liebte Antiquitäten, sammelte sie und gab viel Geld dafür aus; sein, des Beobachters Geld. Seltsames Zusammentreffen, dass auch der Bruder dieses Bett gemocht hätte. Seltsames, tödliches Zusammentreffen.

Der Menschenfresser war nicht dumm. Keiner von denen, die sich leicht täuschen lassen. Sie gaben sich große Mühe und es machte ihnen Spaß. Dann war es Viertel vor fünf und Zeit für ihn zu gehen. Alles war perfekt vorbereitet. Aufgelöst und ausgebreitet lag sie auf dem Lieblingsbett des Menschenfressers; nackt und schweißüberströmt, umgeben von den Spuren eines verzweifelten Kampfes, eine einzige, eindeutige, knallharte Anklage.

Nichts konnte schiefgehen. Der Mann würde die Wohnung betreten und die wimmernde Annemarie finden. Unter Tränen würde sie den Namen des Untiers flüstern, das ihr das angetan hatte, den Namen des Bruders! Dann würde sie zusammenbrechen.

Die Pistole lag geladen im Nachtkästchen. Wirklich gut, dass er ein so jähzorniger Bursche war. Der rief nicht die Polizei. Der rief nie andere, wenn er angegriffen oder ihm was weggenommen wurde. Der erledigte alles selbst. Nun stand er vor seiner vergewaltigten Frau, gereizt bis aufs Blut, eine geladene Pistole in der Hand und den Namen des Täters im Ohr – der Plan war perfekt.

Annemarie würde alle Spuren beseitigen, alles herrichten, sich anziehen und zurechtmachen und völlig ahnungslos sein.

Denn vor dem Richter sollte er nicht wegen Totschlags stehen, sondern wegen Mordes. Wegen eines brutalen, unverständlichen Mords, ausgeführt von einem unberechenbaren, maßlos eifersüchtigen Menschenfresser, der alles verdiente, nur keine Gnade, keine mildernden Umstände, keine Strafminderung.

Je näher die Kugel kam, desto mehr schrumpfte die exklusive Welt, die sie mit ihrem Beobachter/Ziel teilte. Sie beendete eine halbe Längsdrehung und begann den letzten Meter.

Er war – noch immer am ganzen Körper bebend – in seine Wohnung gegangen. Jene Wohnung, die ihm der Bruder nach dem Konkurs verschafft hatte, die genau den Geiz des Bruders widerspiegelte. Sie verfügte über ein einziges Gästezimmer und lag in einer unmöglichen Gegend.

Mit tiefempfundener Vorfreude hatte er die Wohnung betreten. Nie erschien ihm das dem Bruder zugedachte Schicksal gerechter als beim Anblick der kleinlichen Zimmer mit der Aussicht auf den hässlichen Park, in dem hässliche Rentner hässliche Vögel fütterten.

Er hatte sich einen Martini gemixt, in den Prospekten der Luxusautos geblättert, die er einmal besessen hatte und bald wieder besitzen würde, und gewartet. Gewartet auf den zögernden Anschlag der Türglocke, auf das mitfühlende Gesicht eines graugesichtigen Beamten, dem diese Aufgabe unangenehmer war als alle anderen, gewartet auf die Trauerbotschaft. Sein Bruder, der erfolgreiche Geschäftsmann, ohne Vorwarnung, wie ein Blitz aus heiterem Himmel ..., der Täter ein offensichtlich Verrückter, man suche noch nach einer möglichen Erklärung, aber ...

Er hatte sich vorbereitet auf die eigene Reaktion, die in Kummer zerfallende Miene, das Sich-vor-Schmerz-abwenden-Müssen, das Zucken der verkrampften Schultern. Dann das Sich-Fassen, das Erstarren zur Maske, die tonlose Entschuldigung für den Gefühlsausbruch, die Versicherung, dass alles mit ihm in Ordnung sei, er keine Hilfe brauche ...

Er hatte sich einen zweiten Martini gemixt und über die Ironie gelächelt, die er darin erblickte, dass ausgerechnet der Bruder ihn mit Annemarie bekannt gemacht hatte. Einige Augenblicke lang war seine Stimmung abgesunken. Vermutlich musste wohl er die Leiche identifizieren. Aber er würde stark sein, nicht so ein Feigling wie der Bruder. Der hätte nie gewagt, was er heute gewagt hatte. Der hätte sogar einen anderen in Annemaries Bett geschickt, aus Sorge, ihr Mann könnte vorzeitig zurückkehren.

So hatte er gewartet, bis die Glocke wirklich läutete. Der Anschlag war allerdings nicht zögernd, sondern fordernd und schrill. Festen Schritts war er zur Tür gegangen und hatte geöffnet. Aber da stand kein graugesichtiger Beamter, da war nur die Mündung, groß, schwarz und rund. Und dahinter, schon in der anderen Welt, Annemaries Mann. Er war einige

Schritte zurückgetaumelt, bis an die Wand ... Gerade erreichte ihn die Kugel und begann ihr Zerstörungswerk in Haut, Gewebe, Adern und Knochen. Da überwältigte ihn die letzte und überraschendste Erkenntnis seines Lebens: Annemarie! Im Augenblick der Ekstase hatte sie zweimal einen falschen Namen gebraucht. „Gerald", hatte sie gestammelt, „nur für dich, Gerald!"

Gerald war der Name des Bruders, nicht der seine. Aber seinen Namen hatte sie nachher dem tobenden Menschenfresser genannt. Wirklich ein perfekter Plan, aber mit vertauschten Rollen. Gerald hatte ihn immer gehasst, auf seine feine, komplexe Art mindestens ebenso sehr wie er ihn. Deshalb fraß sich die Kugel jetzt zwei Zentimeter über *seinem* linken Auge in *seinen* Stirnknochen und schleuderte *seinen* Kopf nach hinten aus allen Welten.

Sein letzter Gedanke war:

„Nicht Gerald, Annemarie! Ich heiße Harald; ich hieß Harald ..."

Schlafe gut

Der mannshohe, aus rötlichem Granit gehauene Gedenkstein
ruhte auf einem sanft geschwungenen Hügel, flankiert von
zwei Birken wie von melancholischen Schildwachen. Alte,
vereinzelt stehende Lärchen mit weitausladenden Ästen
schienen der kleinen Gruppe das Geleit zu geben.
Gloria fühlte sich besonders diesen Lärchen verbunden. Junge
Bäume stehen dichtgedrängt, unreif, ineinander verschlungen;
erst die alten, die wenigen, die überleben, entfalten sich frei
und majestätisch. Vor dem Stein stand eine Vase mit
verwelkten Dahlien. Sie ersetzte sie durch frische, blieb eine
Weile stehen und strich dann zärtlich mit der Hand über den
Granit.
Der Pfad von der Gedenkstätte zu ihrem Haus war ausgetreten
und staubig. Seit fünfzehn Jahren benützte sie ihn tagtäglich,
immer in der Abenddämmerung. *Unverbesserliches
Gewohnheitstier.*
Wie er sie damit aufgezogen hätte! Der Herbst war ihr die
liebste Jahreszeit. Oft wünschte sie, sie könnte sich von einer
Minute zur anderen im Duft der farbsprühenden Wälder
verlieren und sanft und schmerzlos in den Abendhimmel
eingehen.
Das Haus war groß und sehr alt. Ein wuchtiges, wie aus dem
harten Lehm empor gewachsenes Haus, ganz für sich gelegen,
ein wenig unheimlich, ein wenig einsam.
Sie schloss die Tür und legte den massiven Eisenriegel vor.
Wehmütig stellte sie fest, wie ihr diese Prozedur mit jedem
Mal schwerer fiel. In der Küche aß sie – auch das wie jeden
Abend – ein Stück selbstgemachter Pastete mit Weißbrot, und
trank ein Glas Wein dazu. Sie zehrte immer noch vom alten
Vorrat. Dann ging sie zu Bett. Sie ging gerne früh zu Bett und
schlief gerne lange.
„Ein Glück in Ihrem Alter", hatte der neue, junge Arzt
bemerkt. Er war so freundlich und bemüht und verfügte über
so wenig Feingefühl.

Sie hatte nichts im Haus verändert, in jenen fünfzehn Jahren. Gloria machte sich selbst darüber lustig, wie in einem Museum zu wohnen. Warum kann man nur Dinge festhalten und nicht die glücklichen Zeiten, mit denen man sie verband? Das Schlafzimmer lag im Obergeschoß. Sie erledigte die üblichen Rituale, kroch unter die Decke und löschte das Licht. Irgendwann erwachte sie. Jener schwächste Schimmer, den alle Nächte, abgesehen von den dunkelsten, unserem Auge gewähren, machte die vertrauten Gegenstände des Tages seltsam fremd. Erstarrte Gestalten und Gesichter füllten Raum und Wände. Auch die getäfelte Zimmerdecke war zu stummem Leben erwacht, einem umso unheimlicheren Leben als es in völliger Bewegungslosigkeit stattfand.

Gloria hatte einen tiefen Schlaf. Sie wurde nicht grundlos wach. Sie horchte. In ihrem langen Leben hatte sie die Geräusche der Nacht und des alten Hauses unterscheiden gelernt. Sie kannte das Klagen des Waldkauzes, die quiekenden Schreie der Siebenschläfer, das an- und abschwellende Rauschen des Windes im Wald, das Knarren alten Holzes, das Ächzen ihres Betts und Hunderte anderer Zwischenklänge auf der Tonleiter eines einsamen Ortes. Gloria horchte. Ganz kurz vernahm sie ein fremdes, ihr unbekanntes Scharren. Oder hatte sie es schon einmal gehört, ein zumindest sehr ähnliches Scharren? Ihr Herz pochte viel zu schnell. Sie begann zu zählen. Zählen beruhigt. Mit weit geöffneten Augen lag sie auf dem Rücken, zählte lautlos und lauschte hellwach in die Dunkelheit. Obwohl sie auf alles gefasst war, bebte ihr Körper wie im Schüttelfrost, als es soweit war: Klirrendes Glas zerriss die relative Ruhe mit der Gewalt eines Meteoreinschlags. Sie musste nicht raten: Es war das Fenster im Nebenzimmer. Das Scharren war beim Anlegen der Leiter verursacht worden. Nun knirschten Glassplitter, als ob sich etwas Schweres auf ihnen bewegte. Man muss keine alte Frau in einem einsamen Gebäude sein, damit einem dieses Geräusch kalte Schauer über den Rücken jagt. Warum wohnte sie nur in diesem Haus?

„Menschentiere brauchen ihr Revier", hatte er gesagt. Damals hatte sie es verstanden. Aber das war fünfzehn Jahre her. „Bleib hier", hatte er gesagt. Und sie war geblieben. Jetzt hörte sie die Schritte. Auf Böden, die zweihundert Jahre alt sind, kann man nicht lautlos gehen. Die Schritte verstummten. Die Tür zum Nebenzimmer lag direkt in Glorias Blickfeld. Die Türschnalle war ein schmaler, metallischer Schimmer im Dunkel. Plötzlich war der Schimmer weg und der grelle Blitz einer Taschenlampe blendete sie.

Eine junge Stimme, eine erbärmlich raue, nervöse, mörderische, junge Stimme rief halblaut: „Halts Maul, du! Schrei nur nicht, sonst passiert was! Verstehst du?"

Gloria wusste nicht recht, ob sie nun den Mund halten oder die Frage beantworten sollte. Sie schwieg. Der Strahl der Taschenlampe huschte durchs Zimmer. Die Hand, die sie hielt, zitterte. Wer kann sagen, wer mehr Angst hatte? Glorias Angst blieb stumm. Es war am besten so. Ein Funke genügt, um ein Pulverfass zur Explosion zu bringen. Wieder traf der Lichtblitz ihr Gesicht

„Ich weiß, dass du allein bist. Zeig' mir den Safe. Los! Mach schon!"

Natürlich dachte sie nicht an Widerstand. Sie schlug die Decke zurück, setzte die Füße auf den Boden und schlüpfte in ihre Pantoffeln. Eine schmale, kleine Gestalt in einem langen Nachthemd, wie ein ängstliches Kind mit einem alten Gesicht.

„Der Safe ist im Keller", flüsterte sie ins Licht.

„Geh voraus! Schnell!"

Gloria gehorchte. Mit unsicheren Schritten näherte sie sich der Lampe. Halb blind, halb betäubt, halb gelähmt, aber mit jenem Willen, mit dem sie alles andere auch gemeistert hatte. Hatte er sie nicht verlassen wollen? Beide waren sie geblieben. Jeden Abend strich ihre Hand über den Stein. Sie taumelte am blendenden Licht vorbei und ertastete sich die Tür. Sie öffnete sie und wollte in den Vorraum treten. Beinahe wäre das Pulverfass explodiert. Eine Messerhand schnellte vor und sie fühlte, zu Eis erstarrt, den geschliffenen Stahl auf ihrer

Kehle. In ihrem Nacken spürte sie seinen Atem. Sie roch den
Alkohol und wartete. Er hatte Angst und war betrunken. Er
war gefährlich wie ein Kopfsprung in ein Becken voller
Rasierklingen. Aber er stieß sie weg, ohne ihr die Gurgel
aufzuschlitzen.

„Geh endlich!"

Der junge Dieb, Einbrecher, Mörder, Raubmörder – auch die
Nacht war jung – leuchtete ihr. Langsam stiegen sie die Stufen
hinab. Vom ersten Stock in die große Diele, von der Diele in
den Keller. Im schwankenden Lichtkegel der Lampe tapste
Gloria abwärts wie ein trauriges Gespenst. Einmal stolperte
sie. Sie fühlte seinen festen Griff an ihrer Schulter und war
gerührt.

„Danke", wisperte sie.

Er wollte ‚Bitte' sagen, stattdessen sagte er: „Pass doch auf,
verflucht!"

Sie musste an Charly denken, oder war es Jimmy gewesen?
Sie waren sich so ähnlich. Die Tür zum Keller war mit Eisen
beschlagen wie eine der alten Kerkertüren, wie eine Tür zur
Folterkammer. Ein kalter Schauer ließ Gloria erbeben. Wenn
sie das hier überlebte ... Vielleicht würde sie wirklich alles
liegen und stehen lassen und die nächste Maschine nach dem
Süden nehmen.

„Mach auf!"

Seine Stimme war kaum noch verständlich. Sie drehte den
Schlüssel und merkte wie ihr die kühle, eine wenig modrige
Luft entgegenschlug. Sie zitterte jetzt am ganzen Körper.
Automatisch griff sie nach dem Lichtschalter und erhielt
sofort einen groben Stoß in den Rücken.

„Geh weiter, du verdammte ..."

Sie verstand das Wort nicht. Wollte es nicht verstehen. Im
Schein der Lampe wirkten die rohen Mauern und der
Steinboden barbarisch und bedrohlich. Für die Griechen
waren alle Nicht-Griechen Barbaren, für die Chinesen alle
Nicht-Chinesen, für die Europäer sind es die Amerikaner. Für
Gloria waren alle Menschen Barbaren, alle bis auf Gloria. Sie

taumelte voran, jetzt auch tränenblind. Sie wollte keinen Fehler mehr machen, nicht mehr geschlagen werden, kein Messer fühlen. Sie deutete an die Mauer und sagte: „Da, dahinter ist er."

Der Strahl tanzte über die Mauer, dann wurde es hell. Er hatte selbst das Licht eingeschaltet, um besser zu sehen. Er hatte einen schwarzen Strumpf über den Kopf gezogen. Gloria hätte ihn dennoch erkannt, falls es jemals soweit kommen sollte ...

„Mach endlich!", sagte er nervös. „Mach endlich! Mach schon!"

Das Messer in seiner Hand war spitz und lang. Es hatte einen roten Griff. Allein aufgrund des Messers würden sie ihn ausfindig machen, wenn ... Plötzlich war Glorias Mitleid größer als ihre Angst.

„Ihr seid euch so ähnlich", sagte sie.

„Den Safe!", schrie er. „Zeig mir den Safe oder ich bring dich um!"

Gloria zuckte zurück. Sie drückte auf einen Stein, worauf sich ein Teil der Mauer senkte und verschwand. Die dunkle Stahltür eines Tresors wurde sichtbar. Er hatte ein Zahlenschloss und war mindestens zwei Nummern zu groß für Wald- und Wiesenräuber. Es sei denn, man zwang die alte Frau, ihn zu öffnen. Vor langer Zeit hatte er ihn eingebaut und das Versteck geschaffen. Es war wirklich sehr lange her.
Die Mechanik wird noch in hundert Jahren funktionieren.
Sie funktionierte tatsächlich wie frisch geschmiert, obwohl sich nie jemand darum gekümmert hatte.

Der Junge glaubte jetzt erst wirklich an die Existenz des geheimnisvollen Safes. Endlich einmal hatte sich einer der vielen drückenden Zweifel seines Lebens verflüchtigt. Er war von Sinnen. Er kreischte wie ein Eichelhäher auf dem Höhepunkt der Nussernte.

„Mach ihn auf!"

Aber nein. Das war verrückt. Wenn ein Revolver darin lag ... Wer einen solchen Tresor im Haus hat, der legt auch ein Schießeisen auf seinen Schmuck. Er riet nicht schlecht. Noch einmal kamen Gloria die Tränen, als er sie wegschubste. Der Eichelhäher wurde zum Sperber.

„Ich tu's selbst. Sag mir die Zahlen!"

Sie reagierte nicht schnell genug und schon stand er geschmeidig wie eine junge Katze neben ihr und ließ das schreckliche Messer auf ihrer Haut spielen. Sie gab sich alle Mühe, nicht zu stottern.

„Ich muss doch nachdenken."

„Dann denk' schneller, du ..."

Er hatte es wieder gesagt. Gloria gab sich einen Ruck und begann zu sprechen. Jetzt stand er vor dem Safe wie ein Haifisch. Nein, man durfte sie nicht mit Tieren vergleichen. Tiere sind nicht böse. Als er die letzte Ziffer einstellte, presste sie mit aller Kraft die Augen zu und die Hände gegen die Ohren. Der Schrei beim Fall war das schlimmste. Als sie die Augen wieder öffnete, klaffte ein tiefes Loch an der Stelle, wo der Junge eben noch gestanden hatte. Markerschütterndes Wimmern drang aus dem Loch. Gloria erinnerte sich der vielen, schräg eingelassenen Eisen. Ihr Mann hatte sie grob zugeschliffen.

Da fallen sie nicht so tief.

Ja.

Und wenn einer fällt, ist er schließlich selbst schuld.

Ja.

Später wollte er sie verlassen. Geblieben waren sie beide. Stöhnen und schrille Hilferufe drangen aus der Gruft. In Gloria regte sich erneut großes Mitleid. Sie beugte sich über die Öffnung, aber die Klapptüre hob sich schon wieder. Was war er für ein Techniker gewesen!

„Ich kann Ihnen nicht helfen, Tommy!", rief Gloria. „Aber Sie sind nicht alleine. Es stört Sie doch nicht, wenn ich Sie Tommy nenne?"

Ein langgezogener Schmerzenslaut blieb die einzige Antwort. Von manchen Leuten darf man nicht viel Höflichkeit erwarten. Die Falle ließ nur noch einen zentimeterbreiten Spalt frei. Gloria überwand sich ein letztes Mal.

„Grüßen Sie Charly und Jimmy von mir, Tommy. Charly, Jimmy, und die anderen. Und vor allem *ihn*! Hören Sie?" Vermutlich hörte Tommy. Für eine Erwiderung brauchte er zu lange. Das Einrasten der isolierten Klappe betonte die neue Stille. Manchmal fand Gloria es schade, dass ihr nicht mehr Zeit blieb. Mit *ihm* hätte sie gern länger geredet, damals, nachdem sie ihn geschubst hatte. Ihm gern gesagt, dass sie roten Granit bestellen würde. Er konnte Rot nicht leiden. Aber was soll's?

Viel zu kalt im Keller, wenn man nur ein Nachthemd trug. Mit Verkühlungen darf man nicht spaßen. Nie. Vor allem nicht in Glorias Alter. Eigentlich fühlte sie sich recht jung. Sie brachte den Safe in Ordnung und ging nach oben. Das Bett war angenehm warm. Sie erfahren es immer so schnell, die Jungens! Gierige Kerle. Hier und da eine Bemerkung, wie eine unvorsichtige Alte sie im Gespräch fallen lässt ...

„Ach!", dachte Gloria und drehte sich auf die Seite.

„Hoffentlich muss Tommy nicht lange leiden. Ach, Tommy ... Ich muss eine neue Scheibe bestellen, eine neue Scheibe, neue Scheibe, neue Scheibe ... Eine nette, neue Scheibe!"

Schlaf gut, Gloria.

Ärger bis zuletzt

Es gibt eine alte Weisheit, die das Verhältnis des Patienten zum Arzt zum Inhalt hat. An den genauen Wortlaut kann ich mich nicht erinnern, sinngemäß wird jedenfalls ein Kausalzusammenhang zwischen der eigenen Lebenserwartung und dem Ärger, den man seinem Arzt bereitet, hergestellt. So auf die Art: *Reize deinen Arzt nicht, sonst reißt er dich.* Es spricht vieles dafür, dass eine Urfassung dieser Alltagserfahrung bereits im alten Ägypten formuliert wurde. Irgendwie ist sie zu uns herabgekommen, obwohl sie manches Zeitalter überspringen musste, in dem der Weg zum Arzt so oder so der letzte war, egal welche Beziehung man zu ihm pflegte. Heute ist natürlich alles anders. Dennoch üben alte Sprichwörter eine fast magische Anziehungskraft auf mich aus. Sie sind einerseits Binsenweisheiten, andererseits Kristallisationen des gesunden Menschenverstandes. Oft lässt sich das eine vom anderen gar nicht trennen. Sehen Sie sich nur um in dem Geflecht gesellschaftlicher Beziehungen, von dem wir regiert werden. Kann man das Verhältnis bestimmender Gruppen zueinander besser ausdrücken als mit dem einfachen Spruch *Pack schlägt sich, Pack verträgt sich*? Oder: War mein Onkel, der mich einst zum Schwimmen mitnahm, nicht sehr schlecht beraten, als er fälschlich zu ertrinken vorgab? Zwei Tage später schrie er wieder um Hilfe, doch *Wer einmal lügt, dem glaubt man nicht.*
Bei seinem Begräbnis ruinierte mir der Regen meinen ersten schwarzen Anzug. Ich nahm ihm das ziemlich übel (dem Onkel, nicht dem Regen).
Das sind nur zwei Beispiele für den tiefen Gehalt scheinbar simpler Erkenntnisse. Ich könnte Hunderte anführen, aber *Fasse dich kurz.*
Zurück deshalb zu den Ärzten, mit denen man sich aus schlichter Selbsterhaltung nicht anlegen sollte, speziell zu unserem Hausarzt, Dr. Hirsch. Ich habe wirklich lange den Mund gehalten, obwohl mir natürlich auffiel, dass er häufig,

ungewöhnlich häufig, das Schlafzimmer meiner Frau betrat. Er musste dabei durchs Wohnzimmer, wo ich meistens saß und die Zeitung las. Manchmal sah er mich dabei so an, als ob er eigentlich eine Frage erwartete. Ich beschränkte mich aber darauf, ihm freundlich zuzunicken. Eines Abends erklärte er mir also ungefragt, dass er weitere Untersuchungen vorzunehmen habe. Was sollte ich dagegen einwenden? Nachdem er immer öfter kam, erkundigte ich mich dann doch: „Zweimal am Tag, Doktor?"

Er blickte mich streng an und schüttelte vorwurfsvoll den Kopf.

Wie um Himmels Willen, bedeutete das, wollen Sie blutiger Laie beurteilen, wie ich vorzugehen habe?

Er hatte natürlich recht. Trotzdem irritierte es mich ein wenig, dass man meiner offenbar ernsthaft erkrankten Frau äußerlich rein gar nichts anmerkte. Nun, bestimmt hätte ich seine Besuche im Lauf der Zeit als selbstverständlich hingenommen wie etwa den Wechsel der Wetterlage, wären da nicht seltsame Begleitumstände aufgetreten. Zum einen: Der Doktor kam immer später, manchmal erst nach Mitternacht. Es war offensichtlich, dass er zuvor in der Bar nebenan eine gründliche Desinfektion seiner Mundhöhle vorgenommen hatte. Zum zweiten: Er begann andere Männer mitzubringen. Er nannte sie Konsulenten. Einen kannte ich vom Sehen. Er war Elektrohändler und reparierte alte Staubsauger. Der Gesundheitszustand meiner Frau musste wirklich besorgniserregend sein. Auch ging es bei den Untersuchungen, sie zogen sich über Stunden hin, manchmal so laut zu, dass ich trotz geschlossener Türen und des laufenden Fernsehgeräts immer wieder aufschreckte. Es tat mir weh für Annette. Wusste ich doch bis zum Überdruss, wie lärmempfindlich sie war. Als ich sie darauf ansprach, winkte sie nur müde lächelnd ab. So ertrug sie die Prüfungen des Schicksals mit bewundernswerter Geduld. Nun fiel allerdings auch mir auf, dass sie einen zunehmend angegriffenen Eindruck machte. Im Stillen tat ich dem Doktor Abbitte. Um wie viel früher hatte sein geschulter Blick den versteckten Krankheitsherd entdeckt! Und wieder vergingen Monate. Dann, eines Abends gegen zehn – er war nicht mehr so überlastet und kam wieder ohne Konsulenten – nahm Dr. Hirsch mich, als ich ihn hinausbegleiten wollte, am Arm, und führte mich in die Bibliothek. Das war mir peinlich.

Auf seinen eigenen Rat hin, zur Schonung meiner Frau, schlief ich nämlich hier auf einer Couch. Man sah es, denn ich bin nicht sehr ordentlich. Ob ein Bett gemacht ist oder nicht, lässt mich kalt. Auch lagen überall Bücher und Zeitschriften herum. Auf vielen von ihnen standen schmutzige Gläser und Teller. Doch der Doktor merkte es gar nicht, oder – das ist wahrscheinlicher – er hatte so viel Taktgefühl, zumindest so zu tun. Er führte mich zu einem freien Sessel.

„Lieber Theodor", begann er, „ich muss mit Ihnen ein ernstes, leider sehr ernstes Thema besprechen."

Halb und halb hatte ich sowas erwartet, trotzdem versetzte es mir einen Schock.

„Sprechen Sie", sagte ich. Ich versuchte es zu sagen. Was herauskam, klang nach dem Knarren eines alten Scharniers. Er lächelte verständnisvoll. Es war ein trauriges Lächeln, aber ich war dankbar dafür.

„Lange war ich meiner Diagnose nicht sicher", sagte er, „aber mittlerweile sind alle Zweifel ausgeräumt. Die Krankheit Ihrer Frau hat zutiefst seelische Ursachen. Darum verstehen Sie mich jetzt bitte nicht falsch: Es ist eben krankhaft. Ihre Frau fühlt sich Ihnen hilflos ausgeliefert. Darunter leidet sie."

Ich staunte.

„*Sie* fühlt sich ausgeliefert? *Mir*?"

„Ja. Ich will nicht darum herumreden. Es fehlt ihr schlicht an Selbstsicherheit, an Selbstbewusstsein. Das ist der Punkt, an dem wir beide ansetzen müssen. Sie als Gatte, ich als Arzt."

Ich war verwirrt.

„An welchem Punkt?"

Dr. Hirsch wurde ein wenig ungeduldig. Ich schämte mich meiner Begriffsstutzigkeit. Immerhin ließ er sie mich nicht mehr fühlen als medizinisch notwendig.

„Ihre Frau ist materiell vollkommen von Ihnen abhängig. Betrachten Sie es mit ihren Augen: Sie sind ein vermögender Mann, Annette besitzt nichts."

Er nannte sie immer beim Vornamen. Wenn ich nicht dabei war, duzten sie sich.

„Ja", sagte ich. „Und?"

Er seufzte.

„Ich will es ganz deutlich sagen: Ihnen gehört alles, ihr nichts. Das ist es, worunter sie so leidet."

Begreiflich.

„Doktor?"

Mein fester Ton überraschte ihn.

„Ja?"

„Wäre es anders, würde darunter ich noch viel mehr leiden."

Damit endete diese Unterredung.

Drei oder vier Wochen danach rief Annette mich zu sich. In den vergangenen Tagen hatte sie eine beunruhigende Aktivität entwickelt. Immerhin war sie eine schwerkranke Frau. Jetzt schien der unvermeidliche Rückschlag eingetreten. Bleich und fiebrig lag sie in ihren Kissen. Ich setzte mich zu ihr.

„Annette!"

„Theodor!"

Eine lange Gesprächspause folgte. Ich wollte mich schon zurückziehen, da flüsterte sie: „Theodor, hast du dein Versprechen erfüllt?"

Ich tat, als hätte ich nichts gehört. Ihr Zustand war zu ernst, um darüber zu diskutieren. Aber sie war anderer Ansicht. Laut und deutlich wiederholte sie die Frage. Ich blieb stehen, die Hand bereits auf der Türschnalle.

„Jeden Tag denke ich daran, Annette."

Das war noch nicht einmal gelogen.

„Wirst du es endlich tun, Theodor? Du hast es mir feierlich gelobt – in unserer Hochzeitsnacht!"

74

Eben. Die Sache war längst verjährt. Außerdem war ich betrunken gewesen, das einzige Mal in meinem Leben. Ich begriff nicht, warum sie ausgerechnet jetzt wieder damit anfing. Auch sah ich keinen Sinn darin, sie als Alleinerbin einzusetzen. Sie war schwerkrank, mir fehlte nichts. Andererseits, wenn es ihr so am Herzen lag ...

„Ich werde noch heute alles erledigen", versicherte ich. Als ich die Tür schloss, drangen eigenartige Geräusche aus ihrem Bett. Sie hatte die Decke über den Kopf gezogen und gluckste wie eine Legehenne.

„Armes Kind", dachte ich und ging zum Mittagessen. Es gab Hähnchen in Knoblauchsoße.

Kurz nach drei kam Dr. Hirsch. Mittlerweile benutzte er seinen eigenen Schlüssel. Es war einfacher so. Er war nicht allein. Mit ihm kam ein übertrieben korrekt gekleideter Herr. Ich hatte den Eindruck, dass er nur deshalb nicht nach Fisch stank, weil tiefgekühlte Fische geruchlos sind. Es wäre nicht nötig gewesen, dass Dr. Hirsch ihn mir als Rechtsanwalt vorstellte.

Unser Hausarzt floss über vor Herzlichkeit

„Ich habe es immer gewusst, Theodor. Sie sind nicht der Mann, der seine Gattin in einer Lebenskrise im Stich lässt. Zufällig war Dr. Geier bei mir, als sie mich anrief. Er ist ein prachtvoller Mensch. Ich erzählte ihm von Annettes Problemen und er war sofort bereit, ein Testament zu entwerfen. Sie brauchen nur zu unterzeichnen. Das mit den Zeugen regeln wir dann."

„Hat der Geier auch mein Begräbnis vorbereitet?", fragte ich. Er stutzte kurz und begann zu lachen. Mag sein, dass ich überreizt war. Für mich klang es jedenfalls gezwungen. Und dabei gehörte er beinahe zur Familie, vermutlich mehr als ich.

„Theodor!", rief er äußerst belustigt. „Das ist typisch für Sie. Ihr Humor ist unbezahlbar."

Dr. Geier lachte nicht. Er hatte die Pistole in meiner Hand früher gesehen. Sie starben schnell. Ob schmerzlos, wer weiß? Ich wollte es nicht wissen. Ehrlich gesagt, es war mir egal. Sie

hatten mir auch nichts Gutes zugedacht, die beiden
akademischen Früchtchen. Wegen des Lärms zerbrach ich mir
nicht den Kopf. Annette würde mir keine Vorwürfe machen,
nie wieder. Sie war ihren Freunden um eine Stunde voraus.
Ich nahm nur den Koffer mit dem Bargeld.
Spare in der Zeit, so hast du in der Not.
Ich sperrte die Tür sorgfältig ab. Das Ticket steckte in meiner
Brusttasche. Ich würde nicht wiederkommen. Dieses Ticket ...
Obwohl ich meiner Sache sicher war, hatte ich es Annette
gezeigt, nach dem Mittagessen. Ich wollte ihr noch eine
Chance geben. Ihr Wutausbruch war fürchterlich gewesen.
Was sie mir erzählte, war so schlimm, dass ...
Sie bestand den Test jedenfalls nicht. Schade.
Und jetzt wirbelten die Sprichwörter nur so durch meinen
Kopf.
Was du heute kannst besorgen ...
Aber auch: *Ein Unheil kommt selten allein.* Und: *Was du nicht
willst, dass man dir tu, das füg auch keinem andern zu.*
Vor ein paar Minuten hatte ich ein ganz banales zu hören
bekommen.
Runter kommen sie immer!
So lauteten die Worte der hysterisch kichernden Stewardess,
ehe sie die Klappe aufriss und absprang. Die Piloten hingen
mit durchlöcherten Köpfen in ihren Sitzen. Sie waren einer
Privatfehde des Personals zum Opfer gefallen. Okay. Aber
warum zum Teufel bereinigten die Leute ihre
Unstimmigkeiten in einer Höhe von zehn Kilometern?
Ich und meine Leidensgenossen saßen da und beteten laut.
Wir hatten keine Alternative. Es war uns nur eine schwache
Genugtuung, dass auf dem Fallschirm der verrückten Gans in
großen Buchstaben ATTRAPPE gestanden hatte. Sie musste
es in der Eile übersehen haben.

Wintermärchen

Die Landschaft glich einem impressionistischen Meisterwerk. Sie war durchdrungen von Licht. Es schien nicht vom Himmel zu kommen, sondern geradewegs aus dem Inneren der Dinge selbst.

Mäxchen stand am Ufer des Sees und war trunken von dem Bild, das sich seinen Augen bot. Das Blut pochte in seinen Ohren, ihm wurde schwindlig. Schwindlig vor Freude. Schwindlig vor Stolz. Stolz darauf, ganz entgegen seiner üblichen Zurückhaltung, seinen Entdeckerinstinkten nachgegeben und dieses Kleinod gefunden zu haben. Er trat auf den Steg. Gute zehn Meter reichte der ins Wasser, ins Eis, denn es war Januar und seit Wochen sehr kalt. Am Ende des Stegs, schon außerhalb des schmalen Schilfgürtels, senkte sich eine Stiege bis in den schlammigen Grund. Kleine Fische mit hellroten Flossen schwebten träge zwischen den Stufen. Das Eis war klar und durchsichtig wie eine Glasplatte. Eine Zauberplatte. Jede Kopfbewegung enthüllte neue Lichtreflexe und Farben. Rotviolette Schauer explodierten im Wasser und projizierten ein Feuerwerk auf den Schlamm. Gelbe Blitze zuckten durch das Eis und zerplatzten wie Seifenblasen. Dann war die Farbe weggewischt, doch nun stimmten die Proportionen der Fische nicht mehr. Die Linse aus Eis verzerrte ihre silbergrauen Leiber, streckte und stauchte, vergrößerte und verkleinerte sie. Mäxchen stand da wie ein Kind, das sich von einem magischen Kaleidoskop nicht losreißen kann. Erst nach einer geraumen Weile fand ein anderer Gedanke Gehör.

Es ist der See und der Tag zum Eislaufen.

Kalt, klar und einsam. Ein vom Tourismus verschontes Plätzchen abseits der Durchzugsstraßen. Ein Wunder.

Er blähte die Lungen und sog die Luft tief ein. Das machen sonst nur die Protagonisten in alten Bergsteiger-Filmen, kurz bevor sie schauerliche Töne ausstoßen. Mäxchen scherte sich nicht darum. Es war der Tag und der Ort, die Luft tief einzuziehen. Wie verklärt stand er da und pumpte sich voll. Bis ins letzte Lungenbläschen musste der Sauerstoff dringen, Balsam für den Städter. Das ungewohnt tiefe Atmen berauschte ihn noch mehr. Ein Satz fiel ihm ein, den er einmal gelesen hatte.

Ein Tag für Engel.

Er holte die Schlittschuhe und zog sie an. Der geschliffene Stahl und das schwarze Leder erregten ihn. Das Leder roch herrlich. Sein Herz pochte, als wollte es zerspringen. Er fühlte sich lebendig wie nie zuvor. Ein Tag für Engel.

Der See war groß und sanft gebogen wie ein Bumerang. Nur an seiner Ostseite wuchs Schilf, dort wo der Steg ins Wasser ragte. Dort endete auch der schmale, von Sumpf und Schilf flankierte Dammweg. Er bildete offensichtlich die einzige Zufahrt. Überall sonst senkten sich steile, bewaldete Hänge bis zu den Ufern herab. In der Ferne leuchteten schneebedeckte Berge unter dem blitzblauen Himmel. Eine berstende, flackernde Sonne überzog das Spiegeleis mit einem Glanz, der in den Augen schmerzte. Das alles war ebenso unwiderstehlich wie unwirklich. Und doch war es Mäxchen selbst, das sich jetzt vom Steg abstieß und die ersten Schritte wagte. Bald stellte sich die alte Vertrautheit ein. Sein Rhythmus wurde regelmäßig, mit kurzen, scharfen Geräuschen zerschnitten die Kufen das Eis, weiße Striche blieben auf der makellosen Fläche zurück. Und auch das Ufer blieb zurück. Man glaubt kaum, wie rasch sich Ufer manchmal entfernen. Die körperliche Anstrengung, verbunden mit der märchenhaften Umgebung, versetzte Mäxchen in einen ekstatischen Zustand. Er wurde zum dahingleitenden Vogel, zu einem schwerelosen, glücklichen, warmen Vogel, der mit seinen Vogelaugen Bilder trinkt und durch seine Vogelkehle Rufe der Begeisterung ausstößt. Ein Vogel, der fest davon überzeugt ist, dass sein Flug nie enden wird und sich dann doch viel zu schnell in Mäxchen zurückverwandelt, das schwer atmend ausgleitet, um sich ein wenig zu erholen.

Eher zufällig sah er nach unten. Da war etwas im Eis
festgefroren, das er zunächst nicht erkannte. Sekunden später
erkannte er es. Das verzerrte, blassgelbe Gesicht eines Toten
starrte ihm entgegen. Ein Gesicht mit weit aufgerissenem
Mund. Und Mäxchens rechte Kufe stand genau auf dem Hals
des Mannes. Entsetzt zog er den Fuß zurück und enthüllte eine
klaffende Wunde. Natürlich war es eine alte Wunde,
festgefroren wie der gesamte Leichnam, doch im ersten
Augenblick dachte Mäxchen, er selbst hätte sie verursacht.
Wie die Blätter einer rosa Knospe strebten Hautfetzen von der
Wunde weg. Die Augen des Mannes standen weit vor. In
ihrem Blick hatten sich alle Schrecken der Welt versammelt.
Nicht wenige davon teilten sich Mäxchen mit, der
zurückzuckte, über etwas stolperte und hinfiel. Das Etwas war
der Knauf eines Jagdmessers. Es steckte in der Brust des
Toten und bildete die einzige Verbindung zwischen der
Leiche und der Welt ober dem Eis. Mäxchens Gedanken
waren erfüllt von inhaltsloser Panik. Er wälzte sich auf die
Knie, um aufzustehen und sah nun auch den blonden Schleier.
Das Eis hatte ihn noch nicht erfasst. Er bewegte sich leicht in
der Strömung des Sees, kleine Fische spielten darin und
stupsten von unten gegen die gläserne Platte. Der Schleier war
das Haar einer nackten Frau. Ein Strick hielt sie mit den
Füßen nach unten. Sie hing senkrecht im Wasser wie eine
Boje.
Keine Gedanken mehr. Mäxchen war erstarrt. Lautlos verrann
die Zeit. Mäxchen kniete immer noch, als sein verwirrter
Blick über die Ufer streifte und am fernen Steg haften blieb.
Hinter seinem Wagen stand jetzt eine dunkle Limousine,
schwarz oder mitternachtsblau. Unmöglich zu sagen, wie
lange sie schon dort stand. Vergeblich suchte er nach
Menschen, die mit der Limousine gekommen sein mochten.
Vielleicht saßen sie im Wagen. Aus dem Auspuff drangen
weiße Wölkchen und verflüchtigten sich in der kalten Luft.
Mäxchen starrte zum Steg und fühlte die Kälte des Eises in
sich hochsteigen. Gerade so eine Limousine hatte er gesehen,

als er an dem Hof vorüberfuhr, der einige Kilometer vor dem See gelegen war. Ein verwahrloster Hof mit schäbigen Gebäuden, der einzige im weiten Umkreis.

Es war alles so unwirklich. Vom Impressionismus zum Thriller, unglaublich weit entfernt und doch nur ein kleiner Schritt. Mäxchen riss sich zusammen. Vor längerer Zeit schon war ein Verbrechen geschehen und er entdeckte es an einem schönen Wintertag, was war daran Besonderes? Ein Tag für Engel. Er musste ans Ufer, mit diesen Leuten reden, die Polizei verständigen, aber er würde nie wieder einer Landschaft vertrauen.

Als er sich aufgerichtet hatte und wieder zum Steg blickte, war die Limousine fort. Beklemmende Sekunden lang zweifelte er an seinem Verstand. Aber noch immer ragte der Messergriff aus dem Eis und die kleinen Fische spielten immer noch im blonden Schleier.

Benommen vom Schock, doppelt benommen vom Sturz aus der Ekstase ins Entsetzen, machte er sich auf den Rückweg. Die Limousine ging ihm nicht aus dem Kopf. Vermutlich hatten ihn die Bewohner des Hofs gesehen, als er vorbeifuhr und bestimmt waren sie neugierig. Wer in dieser Einöde lebte, musste neugierig sein. Also fuhren sie ihm nach, sahen, dass er nur ein harmloser Eisläufer war und gaben sich damit zufrieden. So war es wohl. Doch das Misstrauen nagte an ihm. Der einsame Hof und das grausige Paar unter dem Eis – ob es einen Zusammenhang gab? Die gläserne Platte funkelte wie zuvor, der Himmel strahlte wie zuvor, nichts schien mehr unmöglich unter diesem strahlenden, makellos blauen Himmel.

Oder lag es einfach am Wagen? Eine dunkle Limousine. Hätte er dieselbe Angst empfunden, wenn ein kleiner roter Fiat aufgetaucht wäre?

Er würde jahrelang Alpträume haben. Die Bilder des Toten mit der klaffenden Wunde unter seinem Schlittschuh und der nackten Frau, die hinter einer Wand aus Eis im Wasser schwebte, diese Bilder würde er nicht mehr los werden. Sie waren mit Säure in sein Gedächtnis geätzt, unauslöschbar. Ihn fröstelte. Wie ein Signalfeuer blitzte der Messerknauf im Sonnenlicht. Warum hatte er ihn nicht viel früher bemerkt? Aber er war ja ein Vogel gewesen, ein freischwebender Vogel der Freude.

Er erreichte den Steg und seine Angst, seine ganz persönliche Lebensangst, wuchs mit jedem Pulsschlag. Vom Schilf rieselte Raureif, sonst war nichts zu hören. Unberührt standen seine Straßenschuhe am Rand des Stegs. Seine Hände zitterten so stark, dass es ein Kampf war, sich von den Schlittschuhen zu befreien. Erst als er im Wagen saß, fühlte er sich ein wenig sicherer. Er würde nicht bei dem einsamen Hof halten, sondern zur Hauptstraße zurückfahren und dort das nächste Telefon suchen. Mochten sie ihn ruhig für einen Feigling halten. Wenn sie die Toten im Eis sahen, würden sie ihn verstehen. Er wendete auf engstem Raum und fuhr auf den Dammweg. Auch der Weg war jetzt mit Raureif bedeckt, der von den Zweigen einiger Erlen herabgefallen war. Deutlich hoben sich die Spuren der Limousine ab ... Mäxchen bremste. Der schwarze Wagen stand vor ihm, breit und schwer. Es gab keine Möglichkeit vorbeizukommen. Durch die getönten Scheiben sah er mehrere Insassen. Langsam rollte die Limousine auf ihn zu. Mäxchen konnte es nicht glauben. Der andere schien ihn zu ignorieren. Er hielt nicht an! Die Stoßstangen berührten sich und Mäxchens Wagen begann zurückzurollen. Er schrie. Was hier vor sich ging, durfte einfach nicht geschehen. Doch sein Schreien bewirkte nichts. Schnauze an Schnauze erreichte das Auto-Paar den Platz, an dem er zuvor den Wagen geparkt hatte. Mäxchen zog die Handbremse an. Es nützte nichts. Der andere war doppelt so schwer. Mäxchen legte den ersten Gang ein, gab Gas und würgte den Motor ab. Er fuchtelte wild mit den Händen und drückte auf die Hupe. Die Limousine schob ihn ungerührt weiter in Richtung See. Da gab er auf. Er war sicher, das Eis würde nicht stark genug sein, um das Gewicht eines Autos zu tragen.

Mäxchen sprang ins Freie, lief auf den Steg, die Leiter hinunter, lief weiter hinaus auf den See, hatte bei jedem Schritt Mühe, nicht hinzufallen ... Er hörte es krachen und drehte sich um. Langsam versank sein Wagen, nur ein Teil der Schnauze ragte noch in die Luft. Die Limousine setzte zurück. Die weißen Rauchzeichen aus ihrem Auspuff verschwanden. Drei Männer stiegen aus. Sie trugen Hüte und kurze Mäntel und hielten Werkzeuge in den Händen, die aussahen wie Hämmer oder kurze Beile. Sie hatten Schlittschuhe an den Füßen.

Mäxchen begriff nun. Die Männer waren vorhin nur weggefahren, um Schlittschuhe vom einsamen Hof zu holen. Sie wussten, was er entdeckt hatte und sie wussten, dass mit Straßenschuhen gegen einen Eisläufer nichts auszurichten ist. Wenn er nur am Ufer entlang spaziert wäre ... Er blickte an sich hinab, auf seine Straßenschuhe mit den Ledersohlen. In der Ferne blinkte das grausige Signal des Messerknaufs. Mäxchen hatte Tränen in den Augen. Wieder begann er zu laufen. Er merkte nicht, dass er langgezogene Schreie ausstieß. Er lief und rutschte und fiel und lief. Das scharfe Gleiten von sechs Kufen näherte sich in seinem Rücken, das Keuchen der Mörder.

Hörte er es? Kostete er durch Tränenschleier noch vom Wintertraum oder sah er kleine Fische in goldenen Schleiern? Brach sein Herz, während er lief?

Er drehte sich nie mehr um.

Die Bande

Allmählich erreichte die Feuchtigkeit sein Ohr. Das verdross ihn. Wie seine Mutter immer gesagt hatte: „Halte die Ohren steif, Junge, und vor allem trocken."

Steif hatte er sie bestimmt immer gehalten – und nicht nur die Ohren. Kurt grinste. Wenn man es im Nachhinein betrachtete, entwickelte sich ein Menschenschicksal eigentlich ganz folgerichtig. Gewiss gibt es Abzweigungen, Wegkreuzungen und ähnliches. Aber hat man tatsächlich so etwas wie freie Wahl? So wie man eben ist, mit all den belastenden Eigenschaften und Voraussetzungen? Sind die verschiedenen Möglichkeiten nicht nur Schein-Möglichkeiten, die eine Schein-Freiheit vorspiegeln? Das lässt sich auch im Nachhinein nicht beantworten. Leider. Oder zum Glück, wie man es nimmt.

Die Bande hatte sich schon in der Schule gebildet: Tim und Hannes, Jakob und Georg, Sammy und Kurt, die beiden jüngsten, der eine nur einen Tag älter als der andere.

Hier hatte das Schicksal erstmals deutlich spürbar die Feder geführt, indem es den Zufall sechs beinahe perfekt aufeinander abgestimmte (grundschlechte) Charaktere auch zueinander finden ließ. Die Bande als soziale Einheit stellte für ihre Umgebung rasch eine beträchtliche Gefahr dar, weil sie eine gut ausgewogene und darum höchst effiziente Mischung von Eigenschaften in sich vereinte, die einer Gesellschaft in Friedenszeiten notwendigerweise ein natürlicher Feind sein muss: Skrupellosigkeit und Intelligenz, Brutalität und Vorsicht, Tollkühnheit und Gerissenheit, gepaart mit der tiefsten Verachtung aller Konventionen und Normen. Dazu kam ein hochentwickeltes Gemeinschaftsgefühl, das ihre (der Bande) Gefährlichkeit vervielfachte, weil es sie gegen manche der sonst wirksamen gesellschaftlichen Abstoßungsmechanismen immun machte. Kurt war immer das schwächste Glied gewesen, aber das hatte nur er allein gefühlt. Er war erpressbar. Erpressbar, weil er eine panische Angst davor hatte, eingesperrt zu werden. Er erzählte nie jemandem von dieser seiner alles übersteigenden Furcht und so hegte nie jemand den geringsten Verdacht. Einen, der wie er mit unüberbietbarer Kaltschnäuzigkeit und einem simplen Revolver zwei MP-Schützen einer Sondereinheit ausschaltet, so einen verdächtigt man nicht der Angst vor dem Kittchen.

Kurt grinste. Letzten Endes blieb doch er der Sieger, zumindest in dieser Hinsicht. Eingesperrt hatten sie ihn nie. Hin und wieder einige Tage, ja, aber das zählte nicht. Was zählte, war, dass sie ihn nie richtig erwischt hatten, noch nicht einmal für ein halbes Jahr.

Die Mitglieder der Bande hatten die Schule nicht beendet. Materiell betrachtet waren sie trotzdem weit erfolgreicher als alle ihre ehemaligen Kollegen. Die lebten dafür länger. Das glich sich aus.

Aufgrund der angeborenen Talente ihrer Angehörigen entwickelte die Bande eine kriminelle Vielseitigkeit, wie sie nur ganz selten von so wenigen erreicht wird. Sie beging nahezu jedes Delikt, das die Gesetze in ihrem unerschöpflichen Reichtum den Gesetzesbrechern zur Begehung anbieten. Abgesehen von einigen politischen und wirtschaftlichen Spezialstraftaten ließen sie sich wirklich nichts entgehen. Der Bogen ihrer Sünden spannte sich vom harmlosen Falschparken weit hin bis zum bezahlten Mord. Sie taten alles gemeinsam. Ihre Beziehung war so eng, dass sie wie selbstverständlich auch ihre jeweiligen Frauen untereinander tauschten. Es war eine gute Sache im Vergleich zu den tristen Zweierbeziehungen, die im Lauf der Zeit eintrocknen wie grüne Pflanzen im Herbst. Denn wer, dachte Kurt, schlief nach zehn Ehejahren noch mit der eigenen Frau, außer vielleicht an jenen milchig-trüben Vormittagen, an denen sogar Kneipenwirte träumen und Taxifahrer nicht aufs Trinkgeld achten.

Und alles war gekommen wie es kommen musste. Wenn die Weiber sich einbildeten, sie hätten ihn überrascht, dann lagen sie schief. Susanne und Sally, Rosa, Diana und Helen. Leutnant Wachs! Was für ein Hurensohn. Kurt grinste in einem fort. Er hätte den Kaviarkübel hundertmal bezahlen können, tausendmal, ohne jegliches Risiko. Aber die Mitglieder der Bande bezahlten nicht, und wenn, dann auf ihre eigene Art. War es Zufall oder war es kein Zufall, Wachs war ihm auf den Fersen gewesen und er, Kurt, hatte es nicht kapiert.

Jede soziale Gruppe hat Fehler. Wenn nicht er ihr schwächstes Glied gewesen wäre, wäre es ein anderer gewesen. In gewisser Weise deprimierend. Andererseits hätte es ohne Kurt die Bande nicht gegeben, nicht so und vielleicht überhaupt nicht.

Im Alter von sechzehn Jahren hatten sie schon gestohlen, geraubt und gemordet. Und vergewaltigt. Und betrogen. Manche lassen alles liegen, manche nehmen alles mit. Manche wohnen fast in der Kirche und in der Ehrbarkeit und nehmen trotzdem alles und sind hochgeachtet und stolz auf sich. Die Bande nahm alles, aber sie belog sich nicht, sie heuchelte nicht, sie achtete sich.

Leutnant Wachs war nicht gerade ein großes Licht. Jeder einzelne von ihnen ließ ihn in punkto Intelligenz und Schlauheit weit hinter sich. Wachs hatte halt einmal Glück gehabt – und den Instinkt, die Schwäche des schwächsten Gliedes zu erahnen. Und auszunützen.

Kurt bedauerte nichts. Es sind ausgemachte Dummköpfe, die ein einmal eingetretenes Ereignis bis zum Gehtnichtmehr beklagen, anstatt darin die Bestätigung einer spezifischen Wahrscheinlichkeit zu erkennen, die jeder spezifischen Tätigkeit eigen ist.

Intelligenz, Glück und Schlauheit begleiten Schicksale immer nur ein Stück des Weges. Irgendwann bröckelt der Weg. Bei manchen hält er bis über die Grenze des Todes, manchmal über drei, vier Generationen hinweg, ganz selten über noch mehr, aber dann bröckelt er wie letztendlich der ganze Weg des Menschengeschlechtes, des Geschlechts der Pflanzen und jenes der Tiere bröckeln wird. Und muss.

Kurt grinste. Ihr Philosoph war eigentlich Sammy gewesen, aber er, Kurt, hatte dennoch vieles begriffen.

Ein Eimerchen voll Kaviar. Kurt hatte im Verlauf seiner Karriere als Bandenmitglied unzählige Scheiben eingeschlagen. Das grelle Klirren zerbrochenen Glases samt der Spannung, die darin liegt, war geradezu untrennbar mit seinem Leben verbunden. Aber er hatte selten ohne Deckung eine Scheibe eingeschlagen. Manchmal doch. Er war auf dem Weg zu einer Party der Bande gewesen, schon nicht mehr nüchtern, sein Mitbringsel hatte er vergessen. Da kam ihm der Kaviarkübel in der beleuchteten Auslage gerade recht. In einem Wagen gegenüber saß Wachs. Gemeinsam mit einem kleinen Furzer von Fotoreporter, der auf der schweren Etappe, sich einen Namen zu machen, auf die einzige Karte gesetzt hatte, die in seiner kurzen Reichweite lag. Er zählte zu den Gewinnern.

Momentan. In fünf Tagen oder fünf Jahren würde er zu den Verlierern zurückkehren.

In dem Augenblick, da er die kühle Mündung von Wachs Pistole auf seinem Nacken fühlte, wusste er, dass es mit der Bande zu Ende ging. Seltsam, dass er es wusste, aber es war so. In viel schlimmeren Situationen war es anders gewesen. Nach allem, was dann gekommen war, hatte ihn Susannes Anruf heute nicht mehr überrascht. Genauer gesagt: Er hatte ihn erwartet.

Leutnant Wachs hatte Humor bewiesen. Wachs' Humor.

„Fischeier, Kurt. Auf frischer Tat ertappt. Zehn Jahre für ein paar Fischeier. Aber natürlich nicht nur dafür, was, Kaviar-Kurti?"

Leider hatte er recht. Kurt machte sich keine Illusionen. Sowohl Staatsanwaltschaft als auch Richterschaft kannten die Bande nur zu gut. Als Wachs ‚Zehn Jahre' sagte, sah er fest in Kurts Augen. Und der mittelmäßige Halbidiot Wachs erkannte, was mancher klügere Kopf für undenkbar gehalten hätte: Die panische Angst, die in diesen Augen stand.

Die Bande hatte gestohlen, betrogen und vergewaltigt. Und gemordet. Für Geld. Aber nicht immer. Wie es eben kam. Eigentlich waren sie die perfekten Kommunisten. Sie hatten alles gehabt und alles geteilt. Nicht zuletzt Frauen. Und die perfekten Kapitalisten. Jeder hatte viel von allem gehabt. Wenn einer eine miese Krankheit aufschnappte, hatten sie gleich alle. Viel davon.

Nur diese ganz spezielle Angst, die konnte Kurt nicht mit den anderen teilen.

Nachdem Wachs begriffen hatte, lief alles wie auf einer Schiene. Das schwächste Glied brach. Nach wie vielen Jahren? Dreizehn, vierzehn. Eine lange Zeit für eine Bande wie die ihre. Und ein unvermeidbares Ende. Kurt hatte vor dem zerbrochenen Schaufenster in einem intuitiven Denkvorgang auf Anhieb mehr begriffen als Wachs jemals begreifen würde. Er machte sich daraufhin keinerlei Illusionen mehr.

Er hatte deshalb auch gewusst, worum es ging, als Susanne anrief. Sich nicht dagegen gewehrt. Es wäre ihm leicht gefallen. Es gab keine fünf Weiber auf der Welt, die einem Mitglied der Bande hätten gefährlich werden können. Vermutlich wusste das auch Susanne. Sie wusste, dass er wusste, dass sie wusste ... – und so weiter das Spiel, aber sie spielten es trotzdem.

Nach wie vor war ihm allerdings nicht klar, ob alles ein Spiel war. Natürlich ist es das, klärte er für sich. Wir kennen nur nicht alle Regeln.

„Zehn Jahre, Kurt. Kaviar, Kurt. Kaviar-Kurti! Ha, ha. Fischeier-Kurti! Ha, ha! Ha, ha!"

Wachs war glücklich. Er glaubte nach seinem Erfolg weiß Gott was vor sich zu haben, ohne zu ahnen, dass in dem Moment, in dem er in Kurts Augen Kurts Angst vor den zehn Jahren erkannte, er auch schon das wichtigste Ereignis seines Lebens hinter sich hatte und wenn er noch hundert traurige Jahre Polizist bliebe.

Wie konnte man gern Polizist sein? Indem man wie Wachs

war, vermutlich. Vermutlich würde er befördert werden. Jedenfalls würde sein Vorgesetzter befördert werden. Jedenfalls war Wachs glücklich.

Ein Handel bot sich an und wurde besiegelt. Zehn Jahre gegen die Bande. Zehn Nicht-Jahre gegen die Nicht-Bande. Kurt schlug ein, wissend, dass er betrog und wissend, dass Wachs, der Glückliche, ihn betrügen würde.

Er grinste. Wie sich der Leutnant freuen musste, wenn man ihn fand – und für wie klug er sich halten würde! War sein wahnsinnig schlauer Plan nicht aufgegangen? Nein wirklich, er war. Gegen die eigene Gemeinheit kommt auf Dauer kaum einer an. Jeder will bei jedem Handel ein bisschen betrügen, besonders wenn er genau in dem Maß betrügt, dass man ihn dann nicht Betrüger, sondern tüchtig und erfolgreich nennt. Er im Idealfall außerdem selbst nicht begreift, dass er betrügt, im Gegenteil. Aber das ist höhere Mathematik und nichts für Wachs. Auch nichts für höhere Mathematiker. Eigentlich für niemanden. Nur eine lästige Wahrheit.

Wachs hatte erkannt, womit er Kurt erpressen konnte (womit er die Bande vernichten konnte) und er hatte zugegriffen, tollpatschig, aber wirkungsvoll. Darauf kam es an, auf nichts sonst.

Kurt hatte begriffen, erkannt, gewusst – und mitgemacht. Darauf kam es an.

Alles gewusst. Nicht so, wie es dann wirklich gekommen war. Aber so, wie es im Ergebnis irgendwie hatte kommen müssen. Müssen. Er hatte dem Handel zugestimmt, die Bande belogen und betrogen und verraten. Es klingt seltsam, dachte er ein wenig zusammenhanglos – wie überhaupt seine Gedanken jetzt kaskadenartig und ungeordnet sprudelten – aber ohne Verräter wäre die Welt noch unvollkommener als sie ist.

Die Reaktion der Weiber war natürlich eine abgekartete Sache gewesen. Meine Güte! Schlau und primitiv. Wirkungsvoll. Das eine ergibt das andere, unausweichlich. Der Mist von Ursache und Wirkung. Die Wirkung: Tot ist tot ist tot ist tot. So was hatte er mal gelesen. Es blubberte ihm in den Ohren.

Ist tot ist tot ist tot ist tot. Ist gut ist gut ist gut ist gut.

Trotzdem: Was für ein Mist!

Susanne:

"Es ist zu schrecklich, Darling! Alle bis auf dich!"

Er sah die Zeitung mit Wachs' Meisterstück vor ihr liegen. Sie gab sich viel Mühe, aber es kam dünner durch die Leitung als durchsichtig. Außerdem kochte sie vor Wut.

Susanne:

"Einfach zu schrecklich! Ich muss dich auf der Stelle sehen, ich brauche dich Kurt, jetzt! Ich halte es sonst nicht aus!"

Gutes Mädchen. Sie hatte ja auch keine Wahl.

Wer verrät verrät verrät verrät. Holt sich nasse Ohren. Kurt grinste.

Wenn einen eine Lady so ultimativ einlädt, kommt man als Kavalier nicht davon.

Er hatte persönlich das Zeichen zur Vernichtung der Bande gegeben. Wachs hielt ihn deshalb für dumm, obwohl es ihm prächtig in seine eigenen kleinen Verräterpläne passte. Wachs hielt ihn für dumm! Vielleicht hatte Wachs recht. Obgleich er nicht einmal in Ansätzen verstand, worum es wirklich ging: Um die Unausweichlichkeit und das Ende, um Einsicht und Kapitulation vor dem Unaufhaltsamen.

„Rein ist die Luft, sauber!", hatte er den Kameraden signalisiert, der Bande, seiner Bande; und Tim und Hannes und Jakob und Georg und Sammy waren geradewegs in diesen Hinterhalt gefahren. Wachs' Hinterhalt (Kurts). Keiner von den Bullen liebte sie. Obwohl Wachs Kurt vorher alles Mögliche versprochen – was Kurt keinen Augenblick geglaubt hatte – passierte, was Wachs und seine Vorgesetzten (der Abschaum der Menschheit) der Bande (dem Abschaum der Menschheit) zugedacht hatten: Die Jungs gaben nicht auf, sondern verabschiedeten sich standesgemäß im Kreuzfeuer. Er war hingegangen zu Susanne und Helen und Rosa und Diana und Sally.

Wachs' Meisterstück. Armer Wachs. Ihm die Hand zu schütteln und der kleine Furzer bannt es heimlich auf

Zelluloid. Kommt in die Zeitung, klar. Ein gelungener
Blattschuss für den Letzten der Bande. Man kennt den
Ehrenkodex ja. Sich nicht einmal die Hände dreckig machen
müssen.
Wachs glaubte an die Kreuzwege des Schicksals. Er glaubte
sogar an seine Fähigkeit, sie deutlich zu erkennen und für sich
auszunützen. Er glaubte, sie diesmal geradezu hell erleuchtet
vor sich zu sehen. Dabei war er blind.
Kurt ging hin und war auch nicht überrascht, dass sie alle ihn
erwarteten. Rosa und Helen und Diana und Sally sagten unter
Tränen, sie fühlten wie Susanne. Sie vernaschten ihn voll Wut
und Trauer und Leidenschaft. Es hatte Stil, fand er. Dann
knallte ihm eine – er hatte es erwartet, aber auf keine
bestimmte getippt (Rosa war's) – einen Totschläger aufs
Haupt. Er sah angemessen böse drein und versank in einem
dichten Sternschnuppenschauer.

Sie hatten ja doch Phantasie, die Weiber.
Seine Ohren waren nass. Vielleicht immer noch steif, aber
bestimmt nicht mehr trocken. Das ist – wenn man es als
Problem ansieht – allerdings eines der geringsten für einen
Kerl, der rücklings an einen im Uferschlick liegenden
Betonpfahl gebunden ist. Bei ansteigender Flut.
Schicksal. Irgendwie und sei's drum warum, schlägt es bei
jedem zu.
Das Wasser (von dreckiger, öliger Beschaffenheit) schwappte
in Kurts Ohren; er grinste. Es schwappte über seinen Mund
und kitzelte die Nasenlöcher. Fünf weiße Nelken hatten sie
ihm in die Knopflöcher seiner Jacke gesteckt. Sehr
romantisch. Salzwasser spülte seinen Gaumen. Worauf noch
warten? Er begann zu atmen wie die Fische.

Aber hatte er nicht ein Faltboot in der Tasche? Ganz
bestimmt, ja. Ganz bestimmt. Komisch, dass die Fesseln ihn
plötzlich nicht mehr hinderten. Komisch, dass er heute,
ausgerechnet heute, wo er es doch wirklich dringend brauchte,

ein Faltboot in seiner Tasche fand. Wann findet man denn,
was man dringend braucht?

Vergnügt stieg Kurt in das Boot und paddelte voll Zuversicht
auf die lichtvolle See, wo er die Silhouetten vieler anderer
Boote sah, die Silhouetten vieler alter Freunde, darunter Tim
und Hannes, Jakob und Georg und auch Sammy. Sie lachten
und winkten ihm zu. Er lachte und winkte zurück.

Einen Augenblick lang sah es noch so aus, als ob der
Betonpfahl selbst einen im Wasser schwappenden Haarschopf
trüge. Aber die weiter ansteigende Flut verwischte auch dieses
Bild.

Fatty Black-Green

Die zwölf Männer, die die lange Festtafel umlagerten, hätten auf Grund der bewundernswürdigen Logik angelsächsischer Rechtsfindung keinerlei Probleme gehabt,
insgesamt fünfzig bis sechzig Leben hinter Gittern zu verbringen. Dieser Umstand war ihnen sehr bewusst, daher pflegten sie samt und sonders eine mit Dollars gut gepolsterte, wohlwollende Distanz zu den zuständigen Strafverfolgungsorganen. Die stießen sich denn auch nicht am regen Gesellschaftsleben ihrer Klientel, hatte doch jede Berufsgruppe ihre Feste und großen Ereignisse, sogar die Schuster- und Schneidergesellen, die alle zusammen in ihrem Leben der Polizei nicht so viel Wertschätzung erwiesen, wie jeder dieser Männer jedes Jahr.

Der Gastgeber des Abends war Mr. King, dessen Einladungen von seinen Freunden ganz außerordentlich geschätzt wurden, nicht zuletzt wegen der weithin berühmten Künste seines chinesischen Kochs. Der verstand sich besonders auf die Zubereitung von Speisen, denen man beim besten Willen nicht ansah, was in ihnen steckte. Ihr Duft allein aber genügte, die glücklichen Gäste ausnahmslos auf die Minute pünktlich an den sich biegenden Tisch zu holen. Mr. King hätte ein Vermögen machen können, wäre er bereit gewesen, Yin-Li zu vermieten oder zu verleihen, er besaß aber schon so viele davon (nämlich Vermögen), dass er die Frage nicht einmal theoretisch erwog. Dabei aß er selbst nur winzige Portionen: Ein halbes Toastbrot mit zwei Löffelchen Kaviar, eine kleine Scheibe Räucherlachs, ein halbes hartes Ei ... Doch immer sorgte er dafür, dass die Schüsseln bis an den Rand gefüllt waren und seine Gäste zugriffen bis weit über die Grenzen ihres natürlichen Fassungsvermögens hinaus.

Mr. King präsidierte natürlich der Tafel, rechts neben ihm Mr. Knock-out Jones, dann Fatty Black, Miller the Killer, Dumdum Meyer und Hansen die Schlinge; an der zweiten Schmalseite des Tisches saß Mr. Hyde, weiter im

Uhrzeigersinn: Pistolen-Joe, Würger Harrison, Kopfknacker Sam Brown, Rasierklingen-Masterson und Schusterahlen-Frank.

Wie bei Männerrunden üblich, wurde der erste Heißhunger fast schweigend gestillt, danach aber sprach jeder mit jedem, ohne dabei die Wonnen des Kauens, Schluckens und Schlingens auch nur im geringsten zu vernachlässigen. Zunächst befasste sich die Konversation unter allgemeiner Anteilnahme mit den geistigen und anatomischen Vorzügen einer Anzahl sehr bekannter Damen, Adressen wurden ausgetauscht und kleine, unanständige Wetten abgeschlossen. Mit zunehmendem Sättigungsgrad verlor das überaus vitale Thema an Interesse, man wandte sich politischen und geschäftlichen Problemen zu. Mr. King einigte sich mit Schusterahlen-Frank über einen Auftrag, den Mr. King aus ethischen wie auch moralischen Gründen nicht selbst übernehmen wollte, da er einen nahen Verwandten betraf. Miller the Killer warnte eindringlich vor jeder Zusammenarbeit mit den Amateuren vom Geheimdienst, mochten sie auch noch so gut bezahlen. Würger Harrison warf – wie jedes Mal, wenn sie sich trafen – die Idee eines Preiskartells auf und Dumdum Meyer fühlte sich mit derselben Regelmäßigkeit berufen, dagegen zu argumentieren. Seit er viel mit Aufträgen aus dem Top-Management zu tun hatte, schätzte er den freien Markt über alles. Fatty Black, der unter seiner dunklen Haut gewaltige Schwarten mit sich herumschleppte, stocherte nachdenklich in seinen Zähnen. „Ihr könnt sagen, was ihr wollt ..." Er unterbrach sich, um zu rülpsen und nützte die Gelegenheit, einen weiteren Schöpflöffel voll des delikaten Ragouts auf seinen Teller zu laden. „Ihr könnt sagen, was ihr wollt, die Abfallbeseitigung wird zu einem immer größeren Problem. In den Seen und Häfen wimmelt es von neugierigen Tauchern, Betonfundamente werden heutzutage genauso schnell weggerissen wie hingestellt, und es gibt kein Stück Land mehr, in dem nicht irgendein Verrückter nach irgendetwas

buddelt und das Falsche findet. So ist es doch."
Rasierklingen-Masterson nickte betrübt, Mr. Hyde war jedoch überhaupt nicht einverstanden.

„Du hast keine Phantasie, Fatty, das ist alles! Häfen, Fundamente, Verbuddeln. Schnee von gestern. Heute musst du mit Köpfchen arbeiten, Ideen haben, darauf kommt es an."

„Unfälle sind das beste", sinnierte Hansen die Schlinge.

„Komischer Unfall", grinste Knockout-Jones, „der mit einem Stück Draht um den Hals endet."

Würger Harrison mischte sich ein.

„Hyde hat recht. Ideen braucht man. Die alten Dinger taugen nicht mehr viel."

„Freut mich, dass ihr so klug seid", grunzte Fatty Black.

„Dann macht es euch doch bestimmt nichts aus, mir eine von euren wundervollen neuen Ideen zu verraten. Oder laufen die unter Betriebsgeheimnis?"

Würger Harrison spülte einen zu großen Bissen mit einem zu großen Schluck hinunter.

„Mir macht es bestimmt nichts aus", hustete er.

„Mir auch nicht", versicherte Schusterahlen-Frank.

„Ich bin dabei", sagte Pistolen-Joe.

„Okay", sagte Kopfknacker Sam Brown.

„Ausgezeichnet!", stellte Mr. King fest. „Ein gutes Essen, garniert mit guten Tipps, ist gleich ein doppelter Genuss. Es schmeckt doch, hoffe ich."

„Ganz hervorragendes Futter", schmatzte Fatty Black, „und jetzt raus mit eurer Weisheit, Jungs!"

„Säure!", verkündete Kopfknacker Sam Brown lakonisch.

„Nicht ganz einfach", wandte Mr. Hyde ein.

„Für mich schon. Ich mach's nicht zuhause. Ich habe einen Nachschlüssel für eine Fabrik, in der das Zeug in Riesenbottichen herumsteht."

„Fällt das nicht auf? Ich meine, gibt es da keine Rückstände?"
Kopfknacker kicherte.

„Keine Ahnung. Hochgekommen ist jedenfalls keiner mehr."
Rasierklingen-Masterson lachte auf, die anderen grinsten.

„Ich habe eine ganz feine Tour am Laufen", sagte Pistolen-Joe. „Ich verrate sie auch nur, weil wir gute Freunde sind und es sowieso jede Menge Friedhöfe gibt."

„Friedhöfe?"

„Tolle Sache, was? Ich habe mir gedacht, am besten bringst du eine Leiche dorthin, wo sie hingehört, weil sie dort auch niemanden stört."

„Die führen doch Buch, oder?"

„Klar. Aber wenn du zum Beispiel in so eine Gruft gehst, einen alten Sarg aufmachst und deinen Kerl reinlegst – das kontrolliert bestimmt keiner. Riecht auch nicht so besonders fein in diesen Metallkisten, das könnt ihr mir glauben."

Fatty Black nahm noch einen Schöpfer.

„Recht originell, ja."

„Ich bin für die guten alten Fässer", meldete sich Schusterahlen Frank. „Nur eben nicht so wie früher einfach ab ins Wasser. Mach es gut zu und stell's zu einer Ladung Giftmüll – sowas reißt keiner auf."

„Interessant. Und du, Würger?"

„Je nachdem. Feuer oder Futtermittel. In die Industrie musst du natürlich in beiden Fällen. Es geht nichts über die Industrie. Richtig heißes Feuer, verstehst du, das bekommst du nur dort. Adressen such dir aber selbst raus, klar?"

„Schon gut."

Fatty Black machte seinem Namen alle Ehre. Er fraß mehr als möglich und dann noch weiter. Mit dicken, vollen Backen wandte er sich an den Gastgeber.

„Wie löst du das Problem?"

Mr. King nahm noch ein Häppchen Räucherlachs, machte eine alles umfassende Handbewegung, die rein zufällig in Richtung der Ragoutschüssel innehielt, lächelte freundlich und sagte: „Ich und Yin-Li, wir laden Gäste ein."

Das veränderte Fatty Blacks Gesichtsfarbe so sehr, dass sie ihn fortan Fatty Black-Green nannten.

Karriere-Doppel

Seinen Freunden erschien Dr. Glabb als besonders
liebenswerter Mann. Nachdem er selbst sein bester und
einziger Freund war, konnte er dieser Ansicht auch nicht
ernsthaft widersprechen. Fest stand, dass er in all seinen
vorherigen Leben Menschenfresser gewesen war, in diesem
aber Lehrer an einer Mittelschule. Dr. Glabb engagierte sich
für so achtenswerte Dinge wie die Schulmilchaktion, den
Welt-Nichtrauchertag und die Pflege des Volksliedes. Alle
seine Schüler tranken begeistert Schulmilch, schwuren aufs
Nichtrauchertum und pflegten bei jeder Gelegenheit
liebevollst das schöne Volkslied. Neben seinen anderen
Vorzügen war Dr. Glabb also auch ein ausgezeichneter
Pädagoge. Er wusste es so gut wie es seine Kollegen alle
wussten. Und wenn jeder Lehrer es gewöhnlich auch nur von
sich selbst weiß, so tut das dem dadurch hervorgerufenen
Hochgefühl kaum einen Abbruch.
Nach allem, was man bis jetzt von ihm erfahren hat, würde es
einen Menschenkenner daher nicht überraschen, hätte man Dr.
Glabb einst in Schulmilch ertränkt, in Zigarettenrauch
geräuchert oder mit Volksliedern erdrosselt aufgefunden.
Tatsächlich kam es ganz anders, nämlich folgendermaßen:
(Bleibt noch zu erwähnen, dass Dr. Glabb eine Frau und zwei
hoffnungsvolle Sprösslinge, männlich, sein eigen nannte,
vornehmlich, um gemeinsam mit dieser Besetzung dem
abscheulichen Laster der Hausmusik zu frönen.) Eines
Montagmorgens, nach einem Wochenende, das zur Freude der
Familie und der Nachbarn vor allem dem Brauch
gemeinsamer Hausmusik gewidmet war, betrat Dr. Glabb früh
das Konferenzzimmer und stellte zu seinem nicht geringen
Ärger fest, dass nicht er, wie gewöhnlich, der erste des
Kollegiums war. Der Direktor – nach Meinung seiner
Untergebenen zur Leitung einer Schule ebenso unfähig wie
zum ordinären Unterricht, seiner eigenen Ansicht nach aber
ein ebenso herausragender pädagogischer Fachmann wie

Verwalter – der Direktor war Glabb zuvorgekommen. Er saß nach hinten gelehnt in dem ihm vorbehaltenen Sessel und starrte an die Decke. Seine Rechte lag verdreht auf dem Tisch und hielt einen Revolver von der grobschlächtigen Art, die durch einen Menschen ebenso leicht ihre Kugeln flutschen lässt wie durch eine Scheibe Brot. Den Direktor hatten zwei davon mit einer identischen Anzahl an Löchern versehen, eines belüftete seinen Kopf, eines das Herz. Wie nicht schwer zu erkennen, befanden sich die Einschüsse hinten, die Ausschussöffnungen vorne. Dr. Glabb beruhigte sich mit einem Glas Milch und verständigte die Polizei.

Nicht ohne Bedenken, aber im Interesse des geregelten Schulbetriebes und der Kriminalstatistik, erkannte diese auf einen Selbstmord, der einen Mord vorzutäuschen versuchte (unter der Hand traute jedermann dem Direktor eine solche Gemeinheit zu).

Bedeckt von den Tränen und Lobeshymnen der Kollegenschaft, sank der Hochgepriesene in jenes tiefe Erdloch, von dem aus er mit hoher Wahrscheinlichkeit niemandem mehr auf die Nerven fallen würde. Ein anderer wurde auf seinen Platz gesetzt – ein, wenn möglich, in jeglicher Hinsicht noch Unfähigerer, der jedoch mit der Kraft innerster Überzeugung bei jeder Gelegenheit (also ständig) seine exzellenten erzieherischen wie verwaltungstechnischen Eigenschaften lobte. Er gehörte überdies derselben politischen Partei an wie sein Vorgänger und damit einer anderen als Glabb, der (darin allen Kollegen gleich) sich zutiefst gekränkt darüber zeigte, dass jener Pinsel ausgerechnet ihm vorgezogen worden war. Mit verbissenerer Anteilnahme denn je pflegte Glabb daraufhin Schulmilch, Volkslied und Zigarettenhass. Einige Wochen später ereignete sich der nächste Selbstmord. Er wurde mit sogar noch größerer Hinterlist vorgetäuscht als der erste. Wieder fand Dr. Glabb den toten Direktor, trank ein Glas Milch und verständigte die Polizei. Noch lange nach dem Begräbnis wunderten sich deren Spezialisten, wie es dem Suizidenten wohl gelungen sein mochte, sich selbst die Hände auf den Rücken zu binden und hernach ohne Aufstiegshilfe mit dem Kopf in die Drahtschlinge zu gelangen, die in drei Metern Höhe von der Decke des Lehrerzimmers baumelte. Die Trauer der Kollegen sprengte jeden Rahmen, besonders als bekannt wurde, dass der politische Wind gewechselt hatte und diesmal Glabb als fähigster Nachfolger antreten würde (eine ohne Zweifel in allen Belangen noch schlechtere Personalentscheidung als jede andere der denkbar schlechten). Dr. Glabb war überglücklich, ließ sich jedoch nicht das Geringste anmerken. Seine erste Amtshandlung gipfelte im absoluten Rauchverbot für Konferenzzimmer, Klos, Gänge und Keller. Außerdem für alle übrigen Räumlichkeiten und Grundstücksteile seiner Schule sowie der sie umgebenden Straßen, anderen öffentlichen Plätze und des Luftraumes über ihr. Der Erlass umfasste zwölf Schreibmaschinenseiten und fand die ungeteilte Zustimmung aller. Insgeheim beschwerten sich Raucher wie Nichtraucher beim Ministerium, blitzten dort aber ab, weil der zuständige Ministerialrat in zwei Wochen seinen Jahresurlaub anzutreten plante.

Glabbs zweites Ansinnen war die Ausdehnung der hundertprozentigen Schulmilch-Beteiligung seiner eigenen Klassen auf die gesamte Schule. Er fand auch hier den Beifall aller und verwirklichte diesen Teil seines Programms gegen den einhelligen Widerstand von Kollegen und Schülern binnen weniger Wochen.

Der Musikunterricht hatte sich inzwischen ganz ohne äußeres Zutun, in vorauseilender Zivilcourage der Musiklehrer, auf die Pflege des Volksliedes konzentriert. Als Glabb aber daranging, aus seiner Schule eine Ansammlung von Chören zu machen und pädagogischer Gründe wegen ultimativ die Förderung des Hausmusikunwesens verlangte, überflügelte die Zustimmung des beglückten Kollektivs gegen aller innerste Überzeugung selbst Glabbs hochgeschraubte Erwartungen.

Er war begeistert von so viel dreister Einigkeit (die er theoretisch ja seit jeher erwartet hatte) und wurde tags darauf unter Mordverdacht festgenommen.

Der neue Direktor hieß Flocke.

„Wie sind Sie nur darauf gekommen", erkundigte sich Chefinspektor Boluft, „dass Glabb hinter den Untaten steckte?"

Flocke, ein hervorragender Fachmann für Pädagogik und Verwaltung und laut Kollegenmeinung ein Musterbeispiel umfassender Unbrauchbarkeit, lächelte fein.

„Es lag für mich auf der Hand, dass es sich nicht um Selbstmorde handelte, die Morde vortäuschten, sondern um Morde, die darauf getrimmt waren so auszusehen wie Selbstmorde, die sich scheinbar als Morde ausgaben. Und der ehemalige Kollege Glabb entdeckte schließlich beide Leichen."

Boluft schüttelte verwundert seinen dicken Kopf.

„Es ist wirklich so einfach, dass es mich nicht wundert, dass gerade Sie es begriffen haben, der Sie als Lehrer in komplizierten Denkvorgängen nicht so geschult sind wie wir Polizisten."

Flocke verstand speziell die Kompliziertheit dieses Denkvorganges nicht, lächelte aber geschmeichelt und stimmte zu. Er gehörte einer dritten politischen Partei an und war deshalb auf derlei gut trainiert.

Abgesehen von der Abschaffung der Schulmilch, der Nichtraucher und der Volkslieder – jeweils unter großer Zustimmung gegen den Widerstand aller – änderte sich am schulischen Alltag nicht viel.

Glabb bestritt kategorisch, was man ihm zur Last legte. Immerhin setzte er die Installation eines Milchautomaten für Untersuchungshäftlinge durch. Seine politische Partei rückte im Rahmen einer Solidaritätsbekundung entschieden von ihm ab. Das Lehrerkollegium lieferte der Presse zahlreiche Versionen seiner intuitiven Hochbegabung. Inhalt: *habe es geahnt, habe oft in seiner Gegenwart ein mulmiges Gefühl gehabt, überrascht mich gar nicht, habe es immer schon gewusst.*

Glabb wurde freigesprochen. Letztlich konnte man ihm nichts weiter nachweisen, als dass er zwei Direktoren in unpässlichem Zustand angetroffen hatte. Dieses Urteil war zunächst jedermann rätselhaft. Was hatten die Zeitungen nicht alles geschrieben! Doch das ist typisch. Sie suchen sich ein Opfer und machen es fertig. Den Bekannten und guten Freunden verdrehen sie dabei skrupellos jedes Wort im Mund. Dennoch und gerade deshalb: Niemand freute sich über Glabbs Rückkehr mehr als die Kollegen, die ihn mit Glückwünschen und Blumen überhäuften. Inspektor Boluft strich den Fall aus seinem Gedächtnis.

Blieb das Problem, dass *eine* Schule nun *zwei* Direktoren hatte. Unmöglich, einen davon zurückzustufen. Also geschah, was geschehen musste: die Schule wurde geteilt. Zwei Schulen, zwei Direktoren, kein Problem. Die salomonische Lösung fand ungeteilten Beifall, obwohl die Ablehnung bei weitem überwog.

Und Glabb und Flocke? Die hatten den doppelten Karrieresprung ausgetüftelt und ihre beiden Vorgänger gemeinsam umgelegt. Und wenn sie nicht gestorben sind, sitzen sie noch heute jeden Tag bei hartem Rock und kaltem Whisky, bei großzügigen Weibern und dicken Zigarren und feiern sich in herzlicher gegenseitiger Abneigung.

Zemanks Clou

„Zemank?"

Zemank hielt das Gesicht dem Nachthimmel zugewandt und schwieg. Seine Gedanken schwelgten tief in jenem dunklen Wiesengrund, sprangen und tauchten im blütenfunkelnden, schwarzen Teich.

„Zemank!"

Es würde vorübergehen. Bleib, wo du bist, Zemank, lass dich nicht ...

„ZEMANK!"

„Ja?"

„Mir ist etwas eingefallen. Eine goldene Regel. Ich nenne sie *Die goldene Regel für den Selbstmörder*."

Erwartungsvolle Pause.

„Na, und?"

„Kennst du sie?"

Frohe Erwartung.

„Nein."

„Ich will sie dir verraten. Sie lautet: Erschieße dich täglich!"

„Wegen sowas solltest du mich nicht belästigen."

Heiter, ernsthaft.

„Ich dich belästigen? Teufel auch! Dankbar musst du mir sein, dass ich dich aus deinen Grübeleien reiße!"

„Nein!"

„Was nein?"

„Ich bin dir nicht dankbar. Du bist ein Dummkopf."

„Ein Dummkopf? Ja, ich bin vielleicht ein Dummkopf. Aber zumindest dafür musst du mir dankbar sein. Wenn es neben euch klugen Leuten keine Dummköpfe gäbe, woher wüsstest ihr dann, dass ihr nicht selbst Dummköpfe seid? Ihr könntet eure Klugheit ja nur mehr untereinander messen. Das ist dasselbe wie wenn Dumme ihre Dummheit vergleichen."

„Ich habe mich geirrt. Du bist kein Dummkopf, du bist ein Narr."

„Dummkopf, Narr! Ich bin ein Mann ohne Geld und du bist

ein Mann ohne Geld. Weißt du schon, wie wir es anfangen?"
„Ja."
Zemank schwieg.
„Und?"
„Ich sage es dir nicht. Es würde dich nervös machen."
„Nervös machen – du bist gut. Solche Ankündigungen
machen mich nervös. Verrate mir wenigstens ein bisschen."
Aber Zemank schwamm schon wieder im blütenfunkelnden
Teich. Allein sein Körper lag neben Arbon wie eine trockene
Larvenhülle, die ihre Mosaikjungfer in den Himmel entlassen
hat.

Vor dem Portal der Nord-Süd-Bank hielt ein Taxi. Zemank
und Arbon stiegen aus. Zemanks eisengraues Haar war kurz
geschnitten, sein Schnurrbart exakt gestutzt. Er trug einen
dunklen Maßanzug, Maßschuhe, eine schmale Krawatte. Er
hielt sich auffallend gerade. Ein wenig erinnerte er an
gestrenge Kavallerieoffiziere vergangener Jahrhunderte.
Arbon ging zwei Schritte hinter ihm. Er war zweifellos der
Adjutant oder gar der Bursche. Der bewaffnete Wachmann
neben dem Eingang war stolz auf seine Menschenkenntnis.
Tagelang öffnete er nicht den Mund, Zemank grüßte er
höflich. Der nickte knapp, schüchtern lächelte Arbon. Ein
junger Bankbeamter stand stramm, als Zemank an ihn
herantrat.
„Sir?"
„Melden Sie mich dem Direktor."
„Ich weiß nicht, Sir, ob er ..."
Zemanks an der Ferne orientierter Blick fokussierte den
jungen Mann. Der schluckte zweimal hart, die Streifen seines
Anzugs begannen zu flimmern.
„Jawohl, Sir. Wenn Sie sich bitte einen Moment gedulden,
Sir."
Arbon, ebenso verschreckt, steckte ihm rasch eine Karte zu.
Der Angestellte nahm sie und verschwand wie ein seltenes
Glück. Es dauerte keine Minute, ehe sie im Büro des

Direktors standen. Das Büro war ausreichend luxuriös, um den Kunden zu zeigen, wie erfolgreich die Bank mit ihrem Geld wirtschaftete. Der Direktor war außerordentlich höflich und voll gewinnender Selbstsicherheit. Doch tief hinter seinen disziplinierten Pupillen erkannte Zemanks unfehlbares Auge den schweren Schmetterling der Sorge. Er ignorierte den angebotenen Stuhl. Der Direktor, konstant lächelnd, verscheuchte den Angestellten mit einem Wink des kleinen Fingers.

„Freut mich ungemein, Sie kennenzulernen, Sir. Was kann ich für Sie tun?"

Zemank betrachtete ein naturalistisches Bild nationaler Größe, zuckte zustimmend mit den Ohren, wandte sich an den Direktor, sagte: „In den vergangenen Wochen wurden große Mengen Falschgelds in Umlauf gebracht."

Der Direktor erbleichte standesgemäß.

„Das wusste ich nicht."

„Auf Grund der besonderen Umstände ordneten wir strengste Geheimhaltung an."

Fast gegen seinen Willen machte sich der Direktor zum Echo.

„Besondere Umstände?"

„Die Fälschungen sind perfekt. Nicht einmal Ihre Fachleute würden sie erkennen."

„Das ist ..."

„Allerdings. Glücklicherweise ist es uns gelungen, die Quelle zu verstopfen."

Zemank deutete den Vorgang mit einer Handbewegung an, universal, knapp, alles offen lassend.

„Nun geht es darum, die Blüten ohne Aufsehen aus dem Verkehr zu ziehen."

„Ich verstehe", sagte der Direktor, hinter dessen Stirn sich aufrichtigste Verblüffung breit machte.

„Wir werden ihre Barbestände gemeinsam überprüfen. Hier ist eine Liste mit den Nummern der Fälschungen. Ein Exemplar davon bleibt bei Ihnen. Damit kontrollieren Sie ihre Eingänge bis das Schatzamt Entwarnung gibt. Doch zunächst meine Vollmacht. Arbon!"

Dem Direktor wurde ein beeindruckendes Dokument überreicht. Sogar die Unterschrift eines früheren Vizepräsidenten glaubte er zu entziffern. Er verneigte sich automatisch und erwartete seine Befehle.

„Lassen Sie das Geld bringen."

Bald standen drei Drahtkörbe auf dem Tisch, randvoll mit gebündelten Banknoten. Der Direktor gab den dazugehörigen Wachleuten einen Wink.

„Die Leute bleiben hier", sagte Zemank.

Der Direktor gestattete sich ein verbindliches Lächeln und einen verbindlichen Satz.

„Das ist doch nicht notwendig, Sir."

Zemanks Stimme verströmte die Wärme einer arktischen Winternacht.

„Solche Summen lässt man nicht unbewacht. Und wenn sich hier nur der Präsident und der Heilige Vater aufhielten."

Das Lächeln des Direktors zerbröckelte. Vollends fühlte er sich wie der junge Rekrut, der dem General falsche Meldung erstattet hatte. Ein *Jawohl Sir* presste er sich noch ab und verfiel danach in Schweigen.

Die Prüfung dauerte zwei Stunden. Es fand sich keine einzige Fälschung. Als die Wachen mit dem Geld abzogen, waren Arbon und der Direktor sichtlich erleichtert. Zemanks Emotionen hingegen unterboten diejenigen eines Standbilds aus Granit.

„Kein Ton davon zu irgendjemandem, vergessen Sie das nicht."

Der Direktor ließ es sich nicht nehmen, die beiden zum Ausgang zu geleiten. Das bereitstehende Taxi lehnte Zemank ab. Etwas Bewegung würde ihnen guttun. Der Wachmann salutierte und blickte ihm bewundernd nach.

„Der ist noch von altem Schrot und Korn", sagte er.

„Allerdings", bestätigte der Direktor, ging in sein Büro und genehmigte sich einen Dreistöckigen.

Zemank und Arbon bogen in eine Seitenstraße. Ein

Ambulanzwagen löste sich vom Randstein und rollte ihnen entgegen. Arbon öffnete die Tür, er und Zemank stiegen ein. Der Wagen beschleunigte.

„Hat es geklappt?", fragte der Fahrer.

„Und ob!", jubelte Arbon. „Die Idioten sind völlig ahnungslos. Ich habe mindestens hundert Fotos gemacht. Von den größten Scheinen! Wenn wir die Filme erst entwickelt haben ..."

Zärtlich strahlte er Zemank an.

„Wir sind reich, Zemank. Reich!"

„Ja", sagte der. „Jetzt aber zurück ins Sanatorium. Sonst machen die sich noch Sorgen wegen unseres Ausflugs."

Arbon stieg nach vorne und stimmte ein Liedchen an, in das der Fahrer gleich einfiel. Zemank bettete sich auf eine der Liegen und bedachte den Lauf dieser Welt, die ihm unter allen Wundem als das zweifellos größte erschien.

Das Sorgenkind

Steve Mac More war der netteste junge Mann, den man sich vorstellen kann. Als Pfadfinder hatte er sich nie mit einer guten Tat pro Tag begnügt. Immer verübte er mindestens drei davon. Unentwegt schleppte er die schweren Einkaufstaschen alter Damen, ungeachtet der Jahreszeit trug er Kohleneimer vom Keller auf den Dachboden, führte Hunde aller Rassen zum Spazieren und kleine Kinder über jede Kreuzung der Stadt. Steve tat seiner Mutter nicht nur zum Muttertag alles Liebe an, er tat es auch an allen anderen Tagen. Steve grub einmal monatlich den Garten um, mochte da wachsen was wolle. Steve schnitt alle Hecken im Viertel bis sie durchsichtig waren wie Fensterglas. Steve traktierte mit seinem Mäher die Wiesen bis auf die Wurzeln. Steve rettete Nichtschwimmer, war Vorzugsschüler und machte die Hausaufgaben seiner Kameraden. Steve betrieb jeden Sport, achtete aber darauf, nicht immer zu gewinnen, weil er die Schwächeren nicht kränken wollte. Steve sittete Babys im Detail und en gros, ohne dafür jemals einen Schluck aus williger Mutterbrust zu nehmen. Er sammelte für karikative Zwecke, sang im Gemeindechor, verehrte den Präsidenten und besuchte ekstatisch applaudierend alle christlichen Veranstaltungen landauf, landab.
Es war schlicht unmöglich, von Steve Mac More nicht eingenommen zu sein. Und doch strich ein kollektives Aufatmen durch den Ort, als er denselben endlich verließ, um ein Studium zu beginnen.
Die Nachrichten, die von der Hochschule nach Hause drangen, ließen weiterhin das Beste befürchten. Steve rettete einem Nichtschwimmer das Leben, Steve gewann die Medaille für Fairness im Sport, Steve wurde Jahresbester, Steve organisierte Hilfe für den Tierschutzverein, Steve rettete noch einem Nichtschwimmer das Leben. Seine Eltern dachten daran, einen Psychiater zu engagieren. Aber bevor es soweit kam, beendete Steve das Studium in Rekordzeit, natürlich

versehen mit den höchsten Auszeichnungen. Zur Freude der aktiven Nichtschwimmer und aller anderen Hochschulstadtbewohner kehrte er in seinen Heimatort zurück.

Steve wurde Sozialarbeiter, seine Mutter begann zu trinken. Steve gründete ein Heim für entflogene Papageien, sein Vater trieb sich in üblen Vierteln herum. Dabei musste er zur Kenntnis nehmen, dass es in dem friedlichen Städtchen gar keine üblen Viertel gab. Das schmälerte seine Verbitterung nicht, im Gegenteil. Er machte sogar eine Eingabe an den Gemeinderat. Ziel der Eingabe: Schaffung eines üblen Viertels. Steve sang im Kirchenchor, rettete einem Nichtschwimmer das Leben und führte, nun als Sozialarbeiter, kleine Kinder über Kreuzungen. In seiner Freizeit schleppte er alte Damen, Hunde und Einkaufstaschen durch die Straßen. Alle stöhnten.

Die Bannisters lebten außerhalb der Stadt auf einem kleinen Hof. Sie waren noch nicht lange in der Gegend. Genaugenommen trafen sie nur drei Tage vor Steves Rückkehr ein, aber wo immer sich die Bannisters drei Tage aufhielten, sah es aus, als ob es schon ebenso viele Jahre gewesen wären.

Niemand wusste, woher sie gekommen waren oder wovon sie lebten. Gegen Arbeit waren sie allergisch und auch sonst schien ihr Gesundheitszustand zufriedenstellend. Jedenfalls mangelte es ihnen an nichts im Angesicht Gott Konsums und das lieferte Stoff für allerlei Gemunkel.

Den ersten Kontakt zwischen Steve und den Bannisters stellte John Bannister her. John war ein aufgeweckter Junge von zwölf Jahren, ein Spezialist im Umgang mit der Gummiband-Schleuder. Steve trug gerade einen mit Flaschen gefüllten Einkaufsbeutel für Frau Huber, als ein Kieselstein mit großer Geschwindigkeit seinen Handrücken traf. Der akute Schmerz ließ ihn zusammenzucken und den Beutel zu Boden fallen. Mehrere Flaschen gingen zu Bruch. Am aufsteigenden scharfen Geruch merkte er, dass Frau Huber Milch mit Gin verwechselt haben musste. Und das, obwohl beides im Laden weit voneinander entfernt angeboten wurde. In Steve, der das Laster des Trinkens wie alle anderen Laster zutiefst verabscheute, keimte ein böser Verdacht. Zugleich glomm Freude in ihm auf. Dieser Junge da, der war doch das ideale Objekt sozialer Fürsorge. Der brauchte die Zuwendung eines engagierten Betreuers, das lag auf der Hand. Wie zur Bestätigung traf ein zweiter Stein Steves Kniescheibe. Das Objekt sicherte seinen Rückzug. Frau Huber hatte das Glück, den Namen des Jungen zu kennen. Das rettete sie vor einer Strafpredigt, denn Steve humpelte umgehend zum Rathaus, um die Adresse seiner Zuwendung auszuforschen. Frau Huber dankte Gott dafür und eilte in Begleitung der heilgebliebenen Flaschen heimwärts. Es war die rechte Zeit für ein Trankopfer, dachte sie.

Am nächsten Tag lenkte Steve seinen Wagen durch die hölzerne Einfahrt des Bannisterhofes. Und blieb erst einmal erschüttert sitzen. Das Haus, eine Art großer Holzbaracke mit verfallender Veranda, befand sich in üblem Zustand. Der Platz davor hatte sich aus irgendeinem Grund in einen Morast verwandelt. Vielleicht lag es an dem undichten Wasserhahn, der an einem verbogenen Bleirohr aus der Erde ragte. Zu Steves vielen Leidenschaften zählte das Polieren von Autos. Mit mildem Entsetzen registrierte er darum, dass der alte Cadillac der Bannisters bis zu den Radkappen im Schlamm stand. Gleich darauf begriff er, dass es ihm selbst nicht besser ging. Und irgendwie sollte er nun vom Wagen zur Veranda gelangen. Steve begann darüber nachzudenken, ob der Junge seiner Fürsorge wirklich so sehr bedurfte. Das Klirren von Glas rechts vorne beantwortete die Frage. Ohne Zweifel war eben ein Scheinwerfer zu Bruch gegangen. Hinter einem Busch tauchte John Bannisters Gesicht auf. Er grinste von einem Ohr zum anderen. Seufzend betrachtete Steve seine feinen Wildlederschuhe. Dann stieg er aus und stapfte zur Veranda. Auf halbem Weg schlug das Schicksal erneut zu. Er würde sein Ziel nur mit einem Schuh erreichen – bestenfalls, sollte man sagen. Das gelang ihm. Mit einem Schuh und einem ehemals weißen Socken stand er vor der Haustür. Von hier aus war deutlich zu sehen, wie man trockenen Fußes zum Cadillac gelangte. Steve hätte nur ein bisschen weiter links parken müssen. Zunächst verhallte sein Klopfen ungehört. Als er es fester versuchte – denn schließlich stand hier ein Wagen und nie würde ein Bannister zu Fuß gehen, wenn er ein Maultier, ein Pferd oder eben einen Cadillac besaß – drang eine Mädchenstimme rund ums Haus oder übers Dach oder auf beiden Wegen zugleich zu ihm.

„Wir sind hinten!", rief die Stimme. „Gehen Sie links herum!" Steve tat es. Dabei kam er zu der Überzeugung, dass der Morast vor dem Haus ausschließlich für die Steve Mac Mores dieser Welt reserviert war. Kein Bannister hatte ihn jemals beachtet oder gar durchquert. Dann stand er vor der Rückseite des Hofes, die eigentlich seine Vorderfront war. Diese Veranda hier befand sich in gutem Zustand, bis zu den Büschen im Hintergrund streckte sich eine Blumenwiese, ein wenig verwahrlost und sehr bunt; eine Wiese, die noch nie die scharfen Messer des Motormähers gefühlt hatte. Im Schatten der Veranda saß ein Mann. Er trug ein Unterhemd und eine dünne Leinenhose und hielt eine Bierdose in der Hand. Er hatte den gelassenen, ruhigen Blick eines Menschen, der sein Leben führte wie man eine Partie Karten spielt, von der man genau weiß, dass man sie nicht verlieren kann. Ich will damit sagen, dass er jede Karte kannte und jeden möglichen Spielzug seiner Gegner schon im Voraus wusste, ehe er denen überhaupt in den Sinn kam.

Der Mann betrachtete ihn eine Weile mit diesem ruhigen Blick und sagte dann: „Sie sind, scheint's, ein sparsamer Bursche. Gehen aus mit nur einem Schuh."

Steve wurde rot und schwieg. Wie sollte er einem Bannister auch erklären, dass sein anderer Schuh im Morast vor dem Haus steckte, den er völlig unnötigerweise durchwatet hatte. Irgendwo kicherte jemand fröhlich, kicherten zwei Mädchen fröhlich. Suchend blickte er sich um. Sie lagen am Rand der

Wiese im Schatten eines gelb blühenden Strauchs. Vorhin waren sie ihm nicht aufgefallen, weil er genug im Kopf hatte wegen seines Auftritts mit einem Schuh. Jetzt hätte er nicht einmal mehr gewusst, was ein Schuh überhaupt war – wenn denn jemand danach gefragt hätte. Die Mädchen waren siebzehn oder achtzehn, offensichtlich Zwillingsschwestern. Und sie trugen keinen Faden Stoff am Leib. Sie winkten Steve zu und Steve begriff erstmals so richtig, dass nicht einmal weibliche Babys mit der dazugehörigen Wäsche auf die Welt kommen und sich sogar später noch selbst anziehen müssen – oder eben nicht. Natürlich hatte er das alles schon vorher geahnt, aber es war nie erforderlich gewesen, sich darüber den Kopf zu zerbrechen. Es war die bequemere Variante gewesen, gerade das nicht zu tun. Von nun an würde er jedoch häufig daran denken müssen, das war ihm auf der Stelle klar. Der kleine John rettete die Situation. Ein Kiesel traf Steves Schienbein. Die Tränen, die ihm in die Augen schossen, entschärften das Bild und sonst noch einiges.

Der Mann im Unterhemd war Sam Bannister (sein Name zu dieser Zeit an diesem Ort), die Mädchen und der Spezialist für Schleudern waren seine Kinder. Steve räusperte sich. Sam leerte die Bierdose und warf sie zu einem Haufen anderer. Ob Zufall oder nicht – dort reihte sie sich in ein System, das überraschend der eindrucksvollen Sitzordnung des Senats entsprach. Steve kannte sie gut von den zahllosen vaterländischen Fotos, die er sammelte. Der Anblick dieser leeren Bierdosen bewirkte in ihm jedenfalls eine tiefe patriotische Wallung, die ihm die Kraft gab, seinen Blick endgültig von den nackten Jungfrauen (ach Steve!) ab- und Sam Bannister zuzuwenden. Mit aller Würde, die ein Mann mit nur einem Schuh und Tränen in den Augen in Anwesenheit des Senats aufbringen kann, fragte er: „Mr. Samuel Bannister?"

Sam öffnete eine frische Dose.

„Wollen Sie was verkaufen?"

„Aber nein!"

„Hat Sie jemand beauftragt, einen gewissen Samuel Bannister ausfindig zu machen? Einen Mann eines Namens, der mir vollkommen unbekannt ist?"

„Durchaus nicht", versicherte Steve in wachsender Verwirrung.

„Gut. Ich bin Sam Bannister."

„Aber eben sagten Sie doch ..."

Sam winkte ab.

„Die Welt ist voll von Neidern, mein Lieber. Wer sich vor ihnen nicht zu schützen weiß, den zerfleischen sie wie einst Harry Bingle."

„Wer ist Harry Bingle?"

„Sie kennen ihn nicht? Nun, er war der aufrechteste junge Mann, den man sich vorstellen kann. Das war sein Verderben."

„Aber weshalb denn?"

„Der Neid, mein Lieber, der Neid. Und die Unverträglichkeit der Art. Ein Schaf kann in einem Wolfsrudel nicht lange überleben, selbst wenn es mit den Wölfen aufgewachsen ist. Noch nicht einmal, wenn die Wölfe es sympathisch finden. Bei den Menschen ist es ebenso. Harry Bingle war zu sehr aus der Art geschlagen."

„Ach ja?"

„Ja. Die Menschen überschätzen ihren Verstand und unterschätzen ihre Instinkte. Der Instinkt sagt ihnen, dass Harry Bingle nicht zu ihnen passt. Harry Bingles sind entweder gefährliche Heuchler oder – noch schlimmer – echte Heilige. In beiden Fällen muss die Gesellschaft sie ausstoßen, wie das Wolfsrudel sich früher oder später vom Schaf trennen wird. Gewöhnlich verzehren sie's. Aber Sie sind bestimmt nicht durch den Sumpf gegangen, damit ich Ihnen von Harry Bingle erzähle, was?"

„Ich weiß nicht, nein, wahrscheinlich nicht", sagte Steve. Er war ziemlich durcheinander. „Ich heiße Harry, ach Unsinn, Steve Mac More. Ich bin Sozialarbeiter. Ich wollte mit Ihnen über Ihren Jungen sprechen."

Mit Sam Bannister ging eine erschreckende Verwandlung vor sich. Eben noch ruhig wie der Mond über dem chinesischen Meer, fuhr er auf, als hätte er eine Nadel im Hintern stecken. In seinen Augen tobte unbezähmbarer Zorn.

„Was hat der verdammte Kerl angestellt? Nein, sagen Sie nichts!"

Er musterte die Büsche, die jenseits der Wiese so dicht standen wie eine Mauer, deutete auf einen davon und brüllte: „John! Sofort hierher!"

Tatsächlich teilten sich die Zweige und John Bannister schlenderte heran. Die Schleuder ragte aus seiner Hosentasche.

„Teufelsbraten!", donnerte Sam Bannister. „Ein Segen, dass deine Mutter das nicht mehr erleben muss! Eines Tages endest du am Galgen. Aber vielleicht ist's noch nicht zu spät. Bring mir die Peitsche!"

Siedend heiß schoss das Blut in Steves Kopf. So hatte er sich seine Rolle nicht vorgestellt. Er der Anlass dafür, dass dieser Mann, außer sich vor Wut, beinahe nicht mehr bei Sinnen, den armen Jungen auspeitschte, dem Steve schließlich helfen wollte.

„Mr. Bannister, ich glaube ..."

„Schweigen Sie!", tobte Bannister. „Ich weiß, was ich tue. Wo ist die Peitsche, verdammt!"

John brachte sie. Sein Vater riss sie ihm aus der Hand. Wie ein Rachegott stand er da und mit göttlicher Gewalt sollten die Blitze gleich den Jungen treffen.

Steve konnte nicht anders.

„Hören Sie endlich zu, Mr. Bannister", sagte er fest. „John hat ja gar nichts getan."

Bannister ließ die Peitsche sinken, nahm einen Schluck aus der Dose und fragte: „Ja dann, was wollen Sie eigentlich? Lassen Sie mich raten. Sie sind Sozialarbeiter, sagen Sie. Wie hoch ist das Budget, das Sie verwalten?"

Eine Stunde später saß Steve wieder im Wagen. Seine Gedanken überstürzten sich. Eigentlich waren es nur

Gedankenfetzen, die zusammenhanglos wie sturmzerzauste Wolken mit großer Geschwindigkeit durch sein Bewusstsein trieben.

Er hatte einen stattlichen Scheck bei den Bannisters zurückgelassen. Mehr als er für soziale Härtefalle ohne Zustimmung seines Vorgesetzten ausgeben durfte. Waren die Bannisters ein sozialer Härtefall?

Er brauchte einen neuen Scheinwerfer und ein neues Stopplicht. John hatte sich auf seine Art verabschiedet. Eines der Mädchen hatte ihn kräftig umarmt, nackt wie es war, und ihm einen Kuss gegeben. Die andere hatte ihm, ebenfalls nackt, den besten Weg zu seinem Wagen gezeigt Es war unvermeidlich, dass sie voranging.

Und im Hintergrund spukte Harry Bingle, das Schaf im Wolfsrudel, Heuchler oder Heiliger – jedenfalls aus der Art geschlagen!

In diesem Zustand nahm Steve dem Pfarrer die Vorfahrt und zeigte ihm einen Vogel, weil der Pfarrer ihm einen Vogel zeigte. Dazu murmelte er ein Schimpfwort, das er bis jetzt nicht gekannt hatte. Er verspürte dabei ein seltsames, aber sehr angenehmes Gefühl. Aus reiner Neugier hielt er vor einer Bar. Und mit nur einem Schuh betrat er sie, um das erste Bier seines Lebens zu trinken.

Lähmende Stille herrschte in der Stadt. Alles hielt gespannt den Atem an. Tags darauf ging Steve am See spazieren, um den Dunst verschiedener Bars und Getränke loszuwerden. Er sah sehr nachdenklich aus. Tatsächlich war er so in Gedanken versunken, dass er den Nichtschwimmer, der nur zwanzig Meter entfernt absackte, völlig übersah. Acht Zeugen beschworen es. Der Kopf des Mannes kam noch mehrmals an die Oberfläche, er schlug um sich und machte einen ziemlichen Lärm, doch Steve Mac More sah über ihn hinweg in die Feme, wo die Sonnenstrahlen wie glänzende Finger über die Flanken der Blauen Berge strichen. (Einer der Zeugen hatte eine poetische Ader). Um es kurz zu machen: In Steves nächster Nähe ertrank ein Nichtschwimmer, ohne dass er davon auch nur Notiz genommen hätte! So etwas wie heimliche Vorfreude breitete sich aus in der Stadt. Eine Stimmung wie vor Weihnachten – nur dass noch niemand wusste, ob die Weihnachtsüberraschung wirklich stattfinden würde. Zum ersten Mal seit Monaten blieb Steves Mutter den ganzen Vormittag lang nüchtern.

Während der nächsten Tage tat sich eigentlich nichts und doch war alles anders. Mutterseelenallein überquerten Kinder die gefährlichsten Kreuzungen, alte Damen jammerten über die Last ihrer Einkäufe, den Hecken wuchsen neue Triebe. Aber dann ging es Schlag auf Schlag. Steve behob eine beträchtliche Summe vom Konto seiner Behörde und machte Einkäufe. Die Waren, die er kaufte: spitzenbesetzte Unterwäsche, kartonweise Dosenbier, verschiedene Weine, Liköre und Schnäpse, fünf hohe Tüten voll Delikatessen, zwanzig faustdicke Steaks, zwei Kartons Süßigkeiten, Aufputschtabletten, Seidenstrümpfe, ein extrastarkes Gummiband, glänzende Magazine mit glänzenden Nacktfotos, wasserdichte Stiefel, einen Käfig für betrunkene Wanzen, hellblaue Strapse und Handschellen für Holzwürmer.

Das lud er alles in seinen Wagen, sagte dem Chef, er solle die nächsten Tage besser nicht mit ihm rechnen und brauste ab. Jemand schlug vor, das Feuerwerk jetzt schon abzubrennen, aber die Besonnenen meinten, es stehe gut, aber noch sei die Sache nicht gelaufen.

Vier Tage danach kam Steve in die Stadt zurück. Die Schlammspuren an seinen Reifen reichten bis zu den Radkappen. Er hatte Ringe unter den Augen, um die ihn der Saturn beneidete und eine Fahne, mit der Christo ganz Amerika hätte einpacken können. Er sah zufrieden aus. Neben der Frau des Bürgermeisters, die sich mit einem platten Reifen plagte, blieb er stehen, krächzte: „Verdammtes Pech, was?", und fuhr weiter. An der Bushaltestelle stand ein Dutzend Leute, vor der Haltestelle stand eine tiefe Lache vom letzten Regen. Steve musste zwar gefährlich nahe an den Randstein, aber er fuhr mit Vollgas durch. Damit war klar, dass es endgültig geklappt hatte. Steves Mutter erlitt eine Vision, sein Vater einen Freudenschlag. Die gewöhnlichen Bürger begnügten sich mit dem Dankgottesdienst. Der Bürgermeister und sein Stellvertreter fuhren zu den Bannisters, um das vereinbarte Honorar auszuzahlen. Das Feuerwerk wurde gezündet. Denn endlich, endlich, war Steve Mac More vom bösen Fluch des Musterknaben befreit. Endlich war das Sorgenkind der Stadt herangereift zu einem normalen, durchschnittlichen, rücksichtslosen, faulen, vergnügungssüchtigen Bürger. Endlich hatten sich die Gesetze der Natur und des Wolfsrudels und der gleichen Art durchgesetzt. Endlich waren sie wieder alle von einer Sorte. Und die Gläubigen priesen den Herrn und der Verein der Nichtschwimmer eilte zum Bad. Und der Chor der Engel jubilierte: *So haben wir ihn in Gottes Namen doch noch bekehrt. Teufel auch! Amen.*

Kleine Kriegslist

Der Herr mit dem karierten Hut schritt erhobenen Hauptes durch die gedrückte Trauergemeinde. Es war einerseits offensichtlich, dass er selbst nicht trauerte, andererseits, dass er sich auf der Suche befand. Auf der Suche nicht so sehr nach einer bestimmten, ihm gut bekannten Person, als vielmehr nach einer verwandten Seele. Auf der Suche nach einem Menschen, der gleich ihm nicht direkt beteiligt, aber doch interessiert war am Schicksal des Verblichenen und seiner Familie. Nach einem Menschen, meine ich, mit dem sich plaudern lässt, der tieferen Einblick in die besonderen Umstände hat und Einzelheiten zu berichten weiß.

In einem etwas abseits stehenden, eher unbeteiligt wirkenden Mann, glaubte der teilnahmsvolle Herr fündig geworden zu sein. Er nickte freundlich und stellte sich neben ihn. Das Begräbnis nahm seinen Lauf. Nach einigen Minuten stillen Beisammenstehens schien dem neugierigen Herrn (warum es nicht sagen, er war neugierig), schien ihm also die neue Nachbarschaft gefestigt genug, um den nächsten Schritt zu tun. Halblaut grüßte er und stellte sich vor. Der andere begnügte sich mit einem knappen, aber nicht unfreundlichen: „Tag."

„Wenigstens ist es nicht kalt, wie?"

„Nein."

„Ich habe nicht viele Bekannte hier. Doch, dort. Seltsam, was die beiden hier wollen. Ich habe ihr Bild in der Zeitung gesehen. Der eine ist halb vom Grabstein verdeckt. Das ist Inspektor Nulp von der Kripo. Kennen Sie ihn?"

„Ich hatte das Vergnügen."

„Was halten Sie von ihm?"

„Anziehend wie ein Eiswürfel mit Mundgeruch."

„Gut getroffen. Neben ihm steht sein Kollege, Inspektor Kipf."

„Ist mir auch bekannt. Er sieht aus wie eine saure Gurke, hat aber nicht halb so viel Charme."

„Sie mögen die beiden?"

„Wie Hautkrebs."

„Ich frage mich wirklich, was die hier zu suchen haben."

„Egal was, die zwei finden es nie."

Dem neugierigen Herrn gefielen die Antworten seines Neo-Bekannten. Er bemühte sich um die Fortsetzung des Gesprächs.

„Sonst kenne ich leider niemanden. Jedenfalls ist es eine schöne Trauerfeier. Natürlich kein schöner Anlass, das nicht, aber alles geschieht so würdevoll, so erhaben ..."

„Verdient hat er es nicht."

Der bittere Kommentar kam überraschend. Nichts, was man gewöhnlich bei Begräbnissen zu hören bekommt. Eine dunkle, zugleich erregende Vorahnung streifte den Träger des karierten Huts. Sollte er eine Goldader entdeckt haben?

„Ich will nicht aufdringlich sein", log er. „Aber standen Sie vielleicht in näherer Beziehung zu dem Verstorbenen?"

„Durchaus nicht. Allerdings war er mein Bruder."

„Oh! - Das wusste ich nicht. Entschuldigen Sie."

„Macht nichts. Ich sagte schon, wir hatten keine Beziehung zueinander."

Der wissbegierige, jetzt von der Entwicklung der Dinge peinlich berührte Herr, glaubte einen begütigenden Einwurf machen zu müssen.

„Dennoch, ein Bruder ..."

„Ach was, Bruder! Ich bin nur hier, um sicherzugehen, dass sie das Aas wirklich verscharren."

„Das Aas?"

„Ich merke, Sie kannten ihn nicht."

„Ich hatte nicht das ... na ja, eigentlich haben Sie recht. Ich bin mehr aus Zufall hier."

„Ich werde Ihnen ein bisschen von ihm erzählen. Dann werden Sie meine Gefühle besser verstehen. Im Alter von vierzehn schändete er unsere Schwester. Sie brachte es nicht über sich, jemandem etwas zu sagen. Sie schrieb einen Abschiedsbrief und warf sich vor den Zug. Die Affäre wurde vertuscht. Mit fünfzehn brachte er schon seinen ersten Mann um – von hinten, wie es seine Art war. Wissen Sie warum?"

„Ich bin in solchen Dingen nicht erfahren. Vermutlich ist es von hinten weniger gefährlich."

„Ich meinte, warum er ihn umbrachte?"

„Keine Ahnung."

„Der arme Kerl hatte seiner damaligen Flamme zu lange in die Augen geblickt, das war ihm Grund genug."

„Sie nehmen mich auf den Arm!"

„Schön wär's. Das Mädchen schickte er zur Strafe auf den Strich. Sie war die erste von vielen."

„Da hatte Ihr Herr Bruder bestimmt ein ordentliches Einkommen."

„Das hatte er. Was ihm noch fehlte, besorgte er durch Banküberfälle, Raubmorde, Erpressungen, vermutlich auch Kindesentführung. Keines der Opfer sagte gegen ihn aus, dafür sorgte er."

„Schrecklich!"

„Ja: er war ein gottverdammtes Aas. Unsere Mutter war sehr fromm. Sie ertrug die Schande nicht und endete im Irrenhaus. Vater saß jahrelang im Gemeinderat. Er war gerade fünfzig, als das mit Mutter passierte. Danach aß und sprach er kaum noch. Eines Tages war er spurlos verschwunden. Man hat seinen Leichnam nie gefunden."

„Um Gottes Willen! Wie sind Sie damit ..."

„Fertig geworden? Gar nicht. Ich habe die Flucht ergriffen, es war der einzige Ausweg. Sonst stünde ich heute nicht hier. Aber ich will mich nicht bemitleiden. Anderen hat er noch Schlimmeres zugefügt. Sehen Sie den Mann, der dort so schluchzt?"

„Ja. Nach Ihren Eröffnungen wundere ich mich ..."

„Wundern Sie sich nicht. Es sind Freudentränen. Was mein Bruder diesem armen Burschen angetan hat, lässt sich schwer in Worte fassen."

„Mich kann nichts mehr überraschen."

„Warten Sie ab. Jener Mann besaß ein gut gehendes Geschäft. Aus geschäftlichen Gründen öffnete er meinem Bruder sein Haus. Ein halbes Jahr später war er bankrott. Seine Frau hatte ihm der Verbrecher mit Gewalt genommen. Als er genug von ihr hatte, sperrte er sie in ein Bordell. Zufällig traf ihr verzweifelter Gatte sie ein Jahr später. Sie war so krank, dass er sie kaum erkannte. Bald darauf starb sie."

„Ein Ungeheuer!"

„Die Geschichte ist noch nicht aus. Alles was dem Mann geblieben war, waren seine Töchter, Zwillinge, keine vierzehn Jahre alt. Verständlich, dass er ihnen jeden Wunsch von den Augen ablas. Das scheint den Hass meines Bruders von Neuem angestachelt zu haben. Gefühle wie Liebe und Vertrauen machten ihn wütend. Er lockte die jungen Dinger aus dem Haus. Der Vater versuchte alles, um sie wiederzufinden. Vergeblich. Ihre Spur verlor sich in einer französischen Hafenstadt. Jeder weiß, dass sich dort reiche Araber mit Nebenfrauen eindecken."

„So eine verruchte Bestie! Entschuldigen Sie das altmodische Wort, mir fällt kein treffenderes ein."

„Es ist das richtige Wort. Ich würde dem Mann jedenfalls gern die Hand schütteln, ihm mein Beileid ausdrücken und zum heutigen Tag gratulieren, doch ich wage es nicht. Wenn er erfährt, wer ich bin ..."

„Ich kann Sie gut verstehen."

Der Fremde, der offensichtlich Brave der Brüder, hatte sich warm geredet. Doch nun zögerte er. Der neugierige Herr, der schon ahnte, dass seine guten Dienste gewünscht wurden, lächelte ermutigend. Der brave Bruder verstand die Geste richtig und ließ sich nicht lange bitten.

„Gerade dachte ich, wenn vielleicht Sie die Freundlichkeit hätten, diese Mission ... Ich weiß, es ist eine Zumutung. Als neutraler Vermittler, gewissermaßen ... Sie wären ideal dafür."

Der andere war längst gewonnen.

„Gerne lieber Freund, allzu gerne! Ich mische mich sonst nicht in fremde Angelegenheiten, das werden Sie mir glauben, aber in diesem Fall ... Ihre Geschichte hat mich berührt und empört. Dabei besuche ich Begräbnisse, um mich seelisch zu erbauen. Ich will Ihnen wirklich gerne helfen."

Überschwemmt von Mitleid und gerechtem Zorn beendete er das Gespräch und trat zu dem schluchzenden Fremden. Er hielt sich nicht mit Vorreden auf.

„Sie Armer! Ich weiß alles und fühle mit Ihnen. Doch trösten Sie sich. Wenn erst zwei Meter Erde auf dem Schurken lasten, wird sein Gestank keinen mehr belästigen."

„Was sagen Sie?"

„Schon gut, mein Lieber. Ich weiß wirklich alles. Dieser elende Kinder- und Frauenschänder, dieser Mörder, Räuber und Erpresser! Möge Gott ihn strafen! Seine Buße wird hart und endlos sein, das kann ich Ihnen versichern. Aber Sie müssen auch an sich denken, den Kopf wieder hoch tragen und ..."

Der wachsbleiche Fremde zog eine Pistole und drückte zweimal ab. Trauerdamen und –herren stießen entsetzte Schreie aus.

„Verhaftet ihn!", brüllte der falsche Bruder, im Hauptberuf Kommissar. Die Inspektoren warfen sich auf den Schützen, rissen ihn zu Boden und legten ihm Handschellen an. Der Kommissar trat dem Liegenden freundschaftlich in die Rippen. Eine brach.

„Ich kann's nicht glauben, Franky. Jetzt knallst du am offenen Grab deines Vaters Leute ab. Vor so vielen Zeugen und den Augen der Polizei. Ich fürchte, diesmal geht's dir wirklich an den Kragen."

„Sie ...!"

Die zweite Rippe brach.

„Nicht doch, Franky. Denk an deine Kinderstube. Führt das Miststück ab, Leute. Sonst verlier ich noch die Geduld."

Inspektor Nulp riss den Gefesselten hoch und verschwand, ihn vor sich hertreibend wie Schlachtvieh, zwischen den Gräberreihen.

Inspektor Kipf deutete auf den Toten, dessen Gesicht grenzenlose Verwunderung verriet. So als hätte er immer noch nicht begriffen, dass es mit ihm zu Ende war.

„Wer ist der Bursche?"

Der Kommissar hob die breiten Schultern.

„Hab ihn eben erst kennengelernt. Ein Kiebitz. Ich sag's ja immer: Man soll nicht zum Vergnügen Beerdigungen besuchen. Jedenfalls hat er uns sehr geholfen. Ohne ihn wären wir Franky ewig hinterher gehechelt. Braver Kerl."

„Wir schicken ihm auch einen Kranz, was, Chef?"

„Mit Inschrift. *Gefallen im Kampf gegen das organisierte Verbrechen.* Nein. *Gegen das verruchte! In unvergessener Dankbarkeit. Amen.*"

Da mussten die schlauen Polizisten denn doch lachen, dass ihnen die Tränen über die Wangen liefen.

Bombenstimmung in der Stadt

Der 8. April sollte ein ganz besonderer Tag werden, von dem im Nachhinein viele sagten, er hätte eigentlich auf einen Freitag den 13. fallen müssen. Das gab wiederum für viele einen triftigen Grund ab, dieser suspekten Kombination mit umso größerem Misstrauen zu begegnen.

„Kein Rauch ohne Feuer", sagte einer. Die anderen nickten besorgt und strichen in dicken Kalendern alle Freitage die dreizehnten bis weit ins nächste Jahrtausend rot an.

Tatsächlich handelte es sich bei dem besagten 8. April um einen Mittwoch, aber der Fisch fängt am Kopf an zu stinken, wie es heißt, und von nichts kommt nichts.

Die erste Hälfte jenes Tages verlief mit der für ausgewachsene Kleinstädte typischen, peinigend eintönigen Alltagsroutine. Die Bewohner der Kleinstadt, die sich längst zu einer Nicht-mehr-Kleinstadt entwickelte, das selbst aber noch nicht begriffen hatte, diese Bewohner gingen seelenruhig ihren bürgerlichen Geschäften nach, versuchten also mit allen Mitteln ihre Partner aufs Kreuz zu legen, übers Ohr zu hauen, anzuschmieren und auszutricksen und taten mithin nichts anderes, als sie selbst und Millionen anderer Kleinstadtbewohner an allen anderen Tagen auch zu tun pflegen.

Selbst auf dem Polizeirevier herrschte gähnende Langeweile. Polizeichef Kart (Spitzname: Go-Kart), Spezialist für Sittlichkeitsverbrechen (Spitzname: Go-go-Kart) und aus privater Neigung Voyeur, erheiterte sich und seine Umgebung mit hinreißenden Witzchen.

„Hört zu, Leute", begann er. "Was unterscheidet eure Schlafzimmer von einer Konditorei?"

Niemand vermochte es zu erraten.

„In der Konditorei wird wenigstens die Sahne steif."

Die Leute gähnten.

„Selbst erfunden", knurrte Go-Kart.

Die Leute lachten herzlich und er mit ihnen. Ja, nie herrschte ausgelassenere Stimmung im Revier als an den Tagen, da der Boss Witze riss.

Allein Inspektor Mok (Spitzname Amok) erfreute sich in den Morgenstunden des 8. April der Befassung mit einem kleinen Mord, fühlte sich von der allgemeinen Lethargie aber so angesteckt, dass er es vorzog den Mörder oder wen immer, schon vor dem ersten Verhör auf der Flucht zu erschießen. Inspektor Amok hasste ungelöste Fälle. Er schrieb also einen Bericht und machte darin alles klar.

Der Stundenzeiger der großen Uhr, die im Foyer des Präsidiums hing, passierte eben die römische Eins und schritt unverdrossen fort auf seinem sinnlosen Weg.

Auf der Terrasse eines Penthauses im Stadtzentrum delektierten sich in diesem Moment fünf festlich gekleidete Herren an einem opulenten Mahl. Gelegentlich entglitt ihnen ein beifälliger Rülpser, der eine oder andere tätschelte einer Kellnerin den Hintern, einer dem Kellner. Offensichtlich handelte es sich um eine Gesellschaft wahrer Gentlemen, die es verstehen, die Freuden des Lebens zu genießen und dem auch Ausdruck zu verleihen. Außerdem baumelte vor der Brust eines jeden ein leistungsstarker Feldstecher und dieser schwerlich zu überschätzende Umstand ist wohl auch dem Unbelehrbarsten Beweis genug.

Nachdem sie die Mahlzeit beendet hatten, bestellten die Herren Champagner und Damen (plus einen Herren) und vertrieben sich auf anmutigste Weise die Zeit.

Der 8. April hatte da noch alle Chancen, sich in die unendlich lange Reihe unsäglich bedeutungsloser Tage vor und wohl auch nach ihm einzureihen.

Kurz vor vier waren die festlichen Herren jedoch wieder allein und bildeten eine Gruppe in einer Ecke der Terrasse.

„Südsüdwest, drei Minuten", murmelte einer von ihnen und hob sein Fernglas. Die anderen taten es ihm nach.

Das Gebäude der Landesbank war sechs Stockwerke hoch und von oben bis unten mit gelbgrauem Marmor verkleidet. Es strahlte teure Hässlichkeit aus und traf damit aufs penibelste den Geschmack seiner Erbauer. Um Punkt vier flog es in die Luft. Von diesem Augenblick an war der 8. April ein ganz besonderer Tag und beschwerte – bestimmt ohne Absicht – alle Freitage die dreizehnten auf viele Jahre hinaus.

„Was war das?" fragte Go-Kart, als das Explosionsgeräusch in der Ferne ertönte. Seine Untergebenen vergaßen aufs Gähnen und zuckten stumm die Achseln.

„Die Landesbank war's", sagte Amok kurz darauf und legte den Hörer zurück auf die Gabel.

„Großeinsatz."

Auf der Penthausterrasse knallten die Korken.

Eine Viertelstunde nach der Explosion umstand eine Menge Uniformierter und noch viel klügerer Kerle in Zivil, staunend die rauchenden Trümmer. Ganz oben lag ein zerbeulter Tresor, aber ganz oben bedeutete nicht mehr sechster, sondern nur noch erster Stock.

„Wenn das ein Überfall gewesen sein soll", meinte jemand, „dann haben die Burschen entschieden zu viel des Guten getan."

„Gibt's Tote?", fragte einer von der Presse.

„In ein paar Tagen riechen Sie's", scherzte Go-Kart. „Und wehe, Sie schreiben wieder, der Witz stamme vom Bürgermeister."

Der Pressemann zeigte ihm etwas mit den Fingern.

„Gibt's Tote?", wandte sich nun Go-Kart seinerseits an einen Uniformierten.

„Weiß nicht. Offiziell schließt die Bude am Mittwoch schon um drei."

„Offiziell?"

„Na ja. Manchmal trifft sich eine Pokerrunde im Tresorraum. Dort spart man die Chips, verstehen Sie?"

„Nein."

„Ich meine, da liegt genug echtes Geld herum."

„Merde!", rief Go-Kart. „Wenn sich die Knaben heute auch vergnügt haben, dann ging ihr Full house voll in die Hosen."

„Hab's notiert", sagte der von der Presse. Go-Kart grinste

matt. „Bestellt einen Caterpillar. Wir sind zu alt zum Sandspielen."

Es war genau fünfzehn Minuten vor fünf. Eine zweite gewaltige Explosion erschütterte die Stadt. Die Polizisten sahen einander stumm an.

„Fragt in der Zentrale nach", befahl Go-Kart. „Aber schnell!" Einige Uniformierte schlenderten zu ihren Einsatzwägen. Fünf Minuten später kehrte einer zurück.

„Da stimmt was nicht, Boss", sagte er. „In der Zentrale meldet sich keiner."

Go-Kart wurde blass.

„Diese Hurensöhne!", zischte er. „Mein neues Büro!" Wieder raste der Blaulichtkonvoi durch die Stadt, diesmal in entgegengesetzter Richtung. Auf der Terrasse des Penthauses knallten die Korken. Die fünf feiernden Herren befanden sich in sichtlich gehobener Stimmung.

Das Präsidium, einst stolze fünf Etagen hoch, brachte es gerade noch auf eine halbe – und die war längst nicht mehr so schön wie früher der Keller ganz allein.

Der Junge, der in der Zentrale den Funkdienst versah, saß auf einem Stein und war grün um die Nase.

„Da hat einer angerufen, Chef", sagte er, „und mir dringend geraten, ganz schnell auf die Straße zu laufen. Gleich darauf hat's gekracht."

Go-Kart knirschte mit den Zähnen.

„Du läufst also auf die Straße, nur weil einer anruft und dir den Rat gibt, es zu tun. Das bringt dir ein Disziplinarverfahren ein, du Pinsel."

„Immerhin, Chef, erlebe ich das noch. Vorher hat mir der Typ etwas ausgerichtet für Sie."

„Raus damit."

„Ärgern Sie sich nur nicht, Chef, er hat gesagt, ich muss es wörtlich ausrichten."

„Halt mich nicht hin, Schwachkopf, spuck' es aus!"

„Also gut. ‚Sag' dem alten Spanner Go-go-Kart', hat er gesagt, ‚sag' ihm, dass wir in diesem Augenblick seine matschige Birne genau im Visier haben'."

„Ich hab's notiert, Chef", rief der von der Presse, aber Go-Kart war längst zwischen den Trümmern seines Präsidiums in volle Deckung getaucht.

Die gute Laune der Penthaus-Gesellschaft erreichte ihren Höhepunkt. „Okay, Jungs", sagte schließlich einer und setzte den Feldstecher ab. „Man soll aufhören, wenn's am schönsten ist. Unterschreibt noch die Karte, dann hauen wir ab."

Unter Scherzworten und Gelächter folgten die Herren seiner Aufforderung. Wenig später verließen sie die Stadt und noch ein wenig später baumelte ein Page in der starken Faust Amoks.

„He, Go-Kart!", brüllte er. „Der Kerl hat was für dich."

„Ist er sauber?"

„Schaut so aus."

Da erhob sich der Polizeichef vorsichtig neben seinem, aus Steinblöcken gebildeten, provisorischen Hauptquartier.

„Gib her, Kleiner."

„Bitte", stammelte der Page, drückte Go-Kart ein Billet in die Hand und sauste in einer Staubwolke davon. Das Billet wurde mehrmals gewendet, schließlich aufgerissen und aufgeklappt.

„Schöne Grüße vom Jahrestreffen, alter Spanner", stand darauf. Und darunter die Namen: Sprengstoff-Charly, Dynamit-Joe, TNT-Harry, Kurze-Lunte-Bob, Zeitzünder-Jack.

„Gottverdammich!", fluchte Go-Kart, „habe ich glatt die Bombenleger-Party wieder verschwitzt."

Einen Augenblick lang dachte der Chef an Rücktritt, aber bald darauf besann er sich eines besseren und beschloss, seine Verantwortung wahrzunehmen und im Amt zu bleiben. Denn eine aufstrebende Nicht-mehr-Kleinstadt, die etwas auf sich hält – obwohl sie nicht so recht weiß, wieso – baut eine Bank und ein Präsidium in weniger als einem Jahr wieder auf. Und bis zum nächsten 8. April ist ohnehin alles vergessen, weil sich die Leute ja nur irgendwelche Freitage – weiß der Teufel warum – in ihren Kalendern rot ankreuzen.

Das Rabenaas

Als Fred den Toten fand, war er doch unangenehm berührt. Es
war so ein prachtvoller Tag, Kaiserwetter sagten die
Eingeborenen dazu, es hatte mit ihrer Vergangenheit zu tun,
ein wunderbarer, entfalteter Tag – und nun das!
Der Tote lag unmittelbar neben der Loipe, auf der Fred seine
morgendlichen Runden drehte, drehen wollte. Er lag auf dem
Gesicht inmitten einer riesigen Blutlache. Blut hatte er gehabt,
das musste man ihm lassen. Trotzdem höchst ungustiös. Und
die Spur war versaut.
Fred wandte sich ab, atmete tief durch in der Hoffnung, die
frische Bergluft würde seine Laune heben, doch gleich darauf
schüttelte er sich. Es stank nach Blut! Schöne Schweinerei!
Resignierend betrachtete er erneut die Leiche. Wollte wohl
auch den schönen Morgen sportlich nützen. Die Schier waren
noch angeschnallt Klar, wie soll eine Leiche die Schi
abschnallen? Lagen fast parallel zum Körper, einer rechts,
einer links.
„Meine Marke", dachte Fred. Die behandschuhten Hände
steckten noch in den Schlaufen der langen Stöcke. Die Leiche
trug dieses typische, ein wenig lächerliche Langlaufkostüm:
Haube, Windjacke, Knickerbocker, Stutzen. Das Muster der
gestrickten Stutzen weckte eine flüchtige Erinnerung.
Wieder wandte er sich fast hilfesuchend dem eindrucksvollen
Panorama zu, das sich hier, knapp ober der Waldgrenze,
darbot wie steife Sahneklippen auf einem Riesentablett. Jeder
dieser unzähligen Gipfel hatte einen Namen. Es gab Leute, die
wider alle Glaubwürdigkeit behaupteten, jeden einzelnen zu
kennen. Das Großmaul im Hotel beispielsweise, noch dazu
ein Landsmann! Landsmann Großmaul. Wenn ein
Einheimischer so große Töne spuckte, empfahl es sich zu
schweigen und zu nicken. Man konnte nie wissen. Wenn aber
so ein Angeber daherkommt, ein Landsmann, der
Pulverschnee nicht von Staubzucker unterscheiden kann und
wenn sich der aufführt wie der Alpenyeti persönlich, dann

kam einem schon die Galle hoch. Ja, da hatte er auch keinen Moment gezögert dem das, was ihm so hochgekommen war, ordentlich unter die Nase zu reiben – bildlich gesprochen, versteht sich. Man ist ja kein Schwein.

Gestern Abend war's, während dieser Fete; Hausball sagen sie dazu, ist aber eine mächtige Trinkerei. Vor allem der Schnaps, selbstgebrannt, der steigt einem zu Kopf. Und dort bleibt er lange. Immer noch ein Gefühl, als ob mir einer hinein ... nicht daran denken, ja, hineinge ... pfui Teufel, wie der Loisl sagt. Am nächsten Tag ist eine schnelle Runde vor dem Frühstück gerade richtig. Zum Auslüften. Raus muss der Dreck, sagt der Loisl; da hat er recht.

Den Toten zog es wohl auch raus zum Auslüften und jetzt liegt er da und hat die Loipe versaut. Fred hatte sich schon so auf den Orangensaft gefreut. Ein Liter frisch gepresster, eiskalter Orangensaft, der wirkt Wunder.

Apropos Wunder. Kein Wunder, dass der Kerl geblutet hat wie eine Sau. Der Schistock hat ihn glatt von hinten durchbohrt und auf den Boden genagelt. Die Wucht des Stoßes war so groß, dass der Stockteller abgerissen ist. Jetzt ragte er schräg aus der Wunde, der Teller.

„Es ist eine Schande", dachte Fred. „Bei diesem Kaiserwetter."

Was sollte er tun? Den ganzen Tag verdarb einem sowas. Den Abend hatte er selbst ziemlich verdorben. Vor allem Maria hatte er den Abend verdorben. Der Schnaps, bei dem heißt es aufpassen, aber das sagte einem ja keiner. Oder sie sagten es einem erst, wenn es schon zu spät war. Die haben ihren Spaß dran, wenn sich die Gäste besaufen und einen Affen aus sich machen. Fällt manchen gar nicht schwer. Und später, beim Trinkgeld, lohnt es sich auch. Peinlich das alles, wenn man wieder nüchtern ist. Da greift man tiefer in die Tasche, weil man sich schämt.

Das bisschen Herumgeknutsche mit der ... Er wusste nicht einmal mehr ihren Namen. Sonja oder Susi, oder Tanja. Vielleicht waren es auch zwei gewesen. Maria ist reichlich überempfindlich, wenn sie daraus gleich einen Elefanten macht; aus diesen Mücken einen Elefanten, was hat denn das zu bedeuten? Gar nichts. Und dieser Kerl, der hat es natürlich ausgenützt, sich an sie rangeschmissen, klar, der ist nicht blöd, für den sind das Gelegenheiten, warum kommt er denn sonst alleine zu einem Hausball und wohnt nicht einmal im Haus. Maria ist wirklich naiv.

Fred bewegte seine Schier. Wenn er noch lange stehenblieb, bildeten sich bestimmt Klumpen auf den Laufflächen. Dann wird das Gehen zur Plackerei, keine Spur mehr von Vergnügen, überhaupt mit den schweren Beinen.

Ob er die Runde zu Ende laufen soll? Der da war so tot, dem kam es auf ein paar Minuten nicht an. Fred betrachtete die Leiche nochmals eingehend. Irgendwas daran beunruhigte ihn. Er kam im Moment nicht darauf, was es war.

Das Blut hatte eine fatale Wirkung auf die Spur. Die Sonne fraß sich in die dunkle Fläche wie heißes Wasser in Eis. Der Loisl würde keine Freude haben, für den bedeutete es Arbeit. Aber dafür wurde er ja bezahlt. Gar nicht schlecht, wahrscheinlich. Der war auch einer von den Aasgeiern, die auf Hausbälle gehen und abwarten, ob für sie etwas abfällt. Nicht im eigenen Haus allerdings. Das brachte nur Komplikationen und die wollte keiner von denen. Einfach und schnell und reibungslos sollte es gehen. Reibungslos; na ja. Einfach und schnell, darauf kam es an.

Schon möglich, dass er den Tisch umgestoßen hatte. Das kann passieren. Jedem kann das passieren. Marias Kleid? Was für eine Katastrophe! Als ob man ein Kleid nicht waschen könnte. Aber sie war natürlich beleidigt, verschwand natürlich gleich auf das Zimmer; überempfindlich und naiv ist sie. Als ob sie noch nie einen Zacken gehabt hätte. Hat er damals so ein Theater gemacht, nach dem Betriebsausflug? Kein Gedanke. Dafür war er in der richtigen Stimmung gewesen, es dem Landsmann Großmaul zu stoßen, dem verdammten Angeber. Keine Rede, dass der alle Sahneklippen beim Namen kennt, der Loisl hat es bestätigt.

Ein saublöder Hausball war das. Er mochte diese Almauftriebe sowieso nicht, Maria ist immer so scharf drauf. Klar, dass er vorher einen gehoben hat, sonst ist die Bagage ja nicht auszuhalten. *Bagage*, das hat er vom Loisl; stimmt aber. Fred warf einen Blick auf seine Uhr. Halb neun. Um neun gab es Frühstück und er stand noch immer neben der Schweinerei und wusste nicht, sollte er die Runde zu Ende laufen oder gleich zurückgehen. Eine saubere Bescherung. Und das nach dieser Nacht und den verflixten Kopfschmerzen, die partout nicht aufhörten.

Er registrierte nun, was ihn vorhin beunruhigt hatte - von seinem knurrenden Magen einmal abgesehen. Der Tote war für einen Mann ungewöhnlich zart gebaut.

Fred stand noch immer unentschlossen vor der Leiche und bewegte automatisch die Schier vor und zurück, um der Klumpenbildung vorzubeugen. Wenige Meter entfernt saß ein großer, dunkel schillernder Rabe auf einer Zirbe. Das rotgetönte Bild machte ihm Appetit.

Landsmann Großmaul hatte ihn erst darauf hingewiesen, dass Maria sehr lange zum Umziehen brauchte. Fred hatte gar nicht darauf geachtet. Das Großmaul sagte es auch nur, um ihn zu provozieren. Der Kerl, der Aasgeier, war auch verschwunden. Fred hatte noch einen Schnaps gekippt, war aufs Klo gegangen und von dort direkt aufs Zimmer. Maria lag nackt im Bett und der Aasgeier verschwand rasend schnell durchs Fenster. Gar keine Aussicht, ihn einzuholen. Auch ohne die Schnäpse im Bauch nicht.

Wortlos hatte Fred die Tür geschlossen. Wieder hinunter mit einer Stinkwut im Bauch und weitergetrunken. Später hatte er dem Großmaul eins auf die Nase gegeben. Zumindest behauptete das der Loisl. Der wollte eine Rauferei verhindert haben. Rechnet sich auch dafür ein Extra-Trinkgeld aus, am nächsten Tag, von beiden. Weil beide froh sind, sich nicht geprügelt zu haben. Bringt nur Scherereien mit der Polizei, womöglich ein Verfahren – und das im Urlaub.

Was Maria heute Morgen macht? Ob sie sich in der Nacht
noch gestritten hatten? Der Kerl da ist wirklich sehr zierlich
gebaut.

Die weichen Eier, die Vierminuteneier, um die er so gekämpft
hatte, um die vier Minuten nämlich, weil angeblich alle hier
nur Dreiminuteneier essen, als ob ihn das etwas anginge, seine
Vierminuteneier wurden kalt.

Fred gab sich einen Ruck und beschloss, die Runde doch
fertigzulaufen. Nötig hatte er es. Dass man mit so einem
Schädel leben kann! Er griff nach dem zweiten Stock und
wunderte sich, wieso der so feststeckte. Und wieso steckte er
überhaupt in dieser Leiche? Aber es war sein Stock, kein
Zweifel. Der Teller war jetzt hin. Und das Muster der
Stutzen? Das waren ja Marias Stutzen. Genau. Es fiel ihm
wieder ein. Sie brauche auch frische Luft, sagte sie, ganz
dringend. Da waren sie wohl zu zweit losgezogen. Loisl, der
Idiot, hatte geschmunzelt Nach etlichen Metern war es Fred
vorgekommen, als ob er unterdrücktes Lachen hörte. Er hatte
sich umgedreht und der Loisl hatte ihm lachend zugewinkt.
Der amüsierte sich herrlich über solche
Hausballzwischenfälle, dem machten sie Spaß, der erlebte sie
oft genug. Über diese Geschichten lachen sie hier
wochenlang. In der Zwischensaison. Der kann sich sein
Trinkgeld aufmalen, der Alpenarsch ...

Irgendwas stimmte nicht mit seinem Kopf. Er hatte da einige
Lücken. Gestern, heute. Orangensaft und ein Pulver. Weiß der
Teufel, wo Maria sich wieder rumtreibt. Der Stock ist im
Eimer. Vielleicht ist sie vorgelaufen. Mal sehen.

Das Räblein beobachtete, wie der stehende Zweibeiner einen
Stab aus dem liegenden zog, den Stab untersuchte, den Kopf
schüttelte, dumpfe Töne von sich gab und dann mit
schwerfälligen, aber schneller werdenden Schritten die
schmale Spur des gelben Dröhners verfolgte, der diese Spur
jeden Tag von neuem legte. Der Vogel schwang sich hoch und
flog mehrere Kreise, um sich zu vergewissern, dass keine

Gefahr drohte. Das Frühstück eines Raben in freier Wildbahn ist Kampf, nicht Vergnügen.

Der Zweibeiner war schon weit entfernt, Rotwild äste abseits der Dröhnerspur, kein Störenfried weit und breit Beruhigt und hungrig sank der schillernde Vogel in einer engen Spirale zu Boden. Dort, neben dem großen roten Fleck, zog der regungslose Körper des zurückgebliebenen Zweibeiners ihn mit magischer Kraft an. Er zupfte ein bisschen an dem warmen Fleisch. Die Spitze seines Schnabels färbte sich rot. Wenigstens das Räblein liebte Maria.

Fallensteller

Anselm war an sich ein grundguter Bursche. Es kommt halt darauf an, was man darunter versteht. Bei Anselm beinhaltete ‚grundgut' ein buntes Verhaltensmuster. Einerseits war er Erpresser, andererseits aktives Mitglied einer politischen Partei (als Spendenakquisiteur), einerseits trieb er Unzucht mit Minderjährigen, andererseits betreute er Schikurse, einerseits war er Mitglied des Kirchenchors, andererseits glaubte er nicht so recht an den katholischen Gott. Ganz eigentlich war er wohl ein Mann der Mitte. Ein Bürger mit extravaganten Neigungen. Ein Sittenstrolch konservativen Zuschnitts. Ein Ministerialbeamter obendrein. Er verkörperte die Schwäche klar abgegrenzter Begriffe, indem er einige durch seine bloße Existenz glatt auflöste. Warum ihn also überhaupt in eine Kategorie drängen? Anselm war universell. Christl hingegen war ein böses Luder. Sie war acht Jahre alt und ärgerte häufig Vater und Mutter. Sie erkannte nicht das Unrecht, das im Verzehr von Schokolade liegt, genossen vor dem Mittagessen.
Der gute Anselm und das Luder Christl begegneten einander im Park. Beide waren Kinder ihrer Stadt. Wer dort in die Natur wollte, ging in den Park. Es war ein schöner Park. Der Bürgermeister hatte ihn per Versand bestellt. Die Wiesen waren aus Gras und sonst nichts. Sie bedeckten sorgfältig einige Erhebungen (Hügel) und die Mulden dazwischen (Täler). Über die gesamte Anlage hatte der Stadtgärtner ein Netz aus Wegen geworfen, teils gekiest, teils asphaltiert. Über die Vorteile von Kies bzw. Asphalt tobte seit Jahren ein erbitterter Glaubenskrieg im Gemeinderat.
Auf den grünen Flächen standen Sträucher, Büsche und Bäume im Dekor: mittlere Wildnis, pflegeleicht. Ein Zentrum des Parks bildete der Teich. Seine Klassifikation:

FORM: Kleeblatt;
ATTRAKTION: Natursteinhaufen plus
Springbrunnen;
FARBENPRACHT: Seerosen plus Scheinwerfer;
ZUBEHÖR: 18 Stockenten, lebend.

Um den Teich standen barocke Parkbänke. Die Füße aus
verschnörkeltem Schmiedeeisen, Sitzflächen und
Rückenlehnen aus gebeizter Eiche, die Rentner darauf von
ruhiger, unauffälliger Beschaffenheit. An eisernen Pflöcken
hingen Papierkörbe aus verzinktem Lochblech. Frauen mit
Kleinkindern hockten an den Ufern und riefen
entenbewundernd: „Tuckenti, schau! Enti tuck, tuck, tuck!"
Die Kleinkinder warfen mit kleinen Steinen nach den Enten
und riefen ebenfalls „Tuck, tuck, tuck!"
Das zweite Zentrum war der Spielplatz. Er bot eine riesige
Sandgrube, Klettergestell, Schaukel und Rutschbahn. Rad
fahren, Ball spielen und Hunde waren verboten.
Zwischen den Hunden, die in die Sandgrube kackten, den Rad
fahrenden und Ball spielenden Jugendlichen, stand Anselm,
48, der Kinderfreund, immer sympathisch lächelnd, immer
korrekt gekleidet. Anselm liebte den Spielplatz. Für seine
Zwecke war er so etwas wie eine Messe, Ausstellungsgelände
und Ort für erste Kontakte in einem. Er beobachtete Christl
seit einigen Tagen (ihren Namen kannte er noch nicht);
Christl, die mit großer Ausdauer die kurze Leiter zur
Rutschbahn hinaufstieg, runterrutschte, auf den Füßen landete,
wieder hinaufstieg und so weiter. Er beobachtete meisterhaft.
Niemandem fiel es auf. Nicht einmal den vielen
misstrauischen Müttern, deren Instinkt er mehr fürchtete als
den Verstand von hundert Polizisten. Ob Christl selbst etwas
merkte? Mag sein. Sie war ein sehr in sich gekehrtes Kind,
keines, das seine Gedanken und Gefühle gerne mitteilt.
Anselms Tarnung bestand in einem eigens zu diesem Zweck
angeschafften Hund. Er spielte mit ihm und plauderte mit
anderen Hundebesitzern.

Plauderprobe: *Der Burli ist ein grundguter Kerl. Der tät nie jemanden beißen.* Gelegentlich stritt er freundschaftlich mit Müttern, die ihm die Tafel *Hunde verboten* zeigten. Es fiel nicht schwer, darauf mit *Ball spielen und Rad fahren verboten* zu kontern. Schuld war, daran bestand kein Zweifel, die Gemeinde, die zu wenig tat.

Als Christl über Anselms Hund stolperte (für sich nannte er ihn Mehrzweckvieh), schien es daher ganz natürlich, dass er sich bei ihr entschuldigte und ihr ein Eis kaufte. Ein Eisverkäufer gehörte zum Park. Christl zögerte und nahm an. Seit diesem Vorfall grüßten sie sich, Anselm freundlich, Christl ein wenig herablassend, und aßen zweimal miteinander Eis. Häufigere Einladungen hätten unweigerlich die Instinkte der wachsamen Weiber geweckt.

Was Christl in Anselms Augen so anziehend machte, ist nicht leicht zu erklären. Es wäre eine grobe Vereinfachung, alles auf ihr Alter, die kurzen Röckchen und ihre Vorliebe für Rutschbahnen zurückzuführen. Es steckte mehr dahinter. Zum Beispiel die atavistische Lust, eine gute Falle aufzubauen. Noch dazu am helllichten Tag und unter den wachsamsten aller Augen. Auch der Reiz des Risikos gehörte dazu. Immerhin setzte Anselm einige Positionen aufs Spiel: die des grundguten Burschen sowieso, aber auch den Ministerialbeamten, das Parteimitglied und den Sänger im Kirchenchor. Anselms Motive waren vielschichtig.

Einfallsreichtum und Geduld sind die hervorragendsten Eigenschaften des Fallenstellers. Anselm besaß beide. Wenn ihn etwas zur Eile trieb, dann der Wechsel der Jahreszeiten. Es gab die Parksaison und die Nebensaison. Die pflegte er andrer Kurzweil zu widmen.

Günstig in Anselms Sinn war, dass Christl sich in den Hund vernarrte. Das Mehrzweckvieh profitierte davon in punkto Ansehen und Futter. Günstig auch der Umstand, dass sie zur Kategorie der Schlüsselkinder zählte. Die berufstätige Mama bereitete das Mittagessen vor, nach der Schule wärmte Christl es auf und war dann bis zum Abend sich selbst überlassen.

Noch ein Glücksstern strahlte für Anselm: Christl hatte offenbar keine Freunde. Sie nickte dem einen und der anderen zu, aber ihr Spiel betrieb sie einsam. Es bestand ausschließlich in der intensiven Nutzung der Rutschbahn. Auf ihre unschuldige Weise war wohl auch Christl ein klein wenig abartig.

Ihr Interesse für das Mehrzweckvieh nahm allerdings ständig zu. Anselm frohlockte. Tierliebe zahlt sich aus. Wenn er nun täglich mit ihr plauderte, registrierten die Aufpasserinnen nur mehr, dass das vorlaute Mädel schon wieder den seriösen Herrn mit dem kleinen Köter belästigte. Und wie freundlich und geduldig er war. Aber auch selbst schuld. Schließlich sind Hunde hier verboten. Und wo sollten die Kinder sonst Ball spielen und Rad fahren?

Christl war ein wortkarges Kind. Sehr verschlossen. Sie antwortete einsilbig, streichelte das Mehrzweckvieh und blickte in die Ferne. Pädagogisch betrachtet war ihr Verhalten ohne Zweifel das Ergebnis von Vielem.

Fallensteller vom Schlage Anselms, also Errichter teils passiver, teils aktiver Fallen, haben ein entscheidendes Problem. Wann sollen sie die Schlinge zuziehen, wann die Fäden spannen, die das Opfer noch lose umfangen? Zu früh gehandelt - alles bricht zusammen, die Gefahr der Entdeckung ist groß. Zu spät – nicht einmal das feinste Netz hält den entflogenen Vogel. Doch Anselm war ein erfahrener Fallensteller, ein erfolgreicher. Er wäre sonst längst nicht mehr Fallensteller gewesen.

Auch Christl war erfolgreich. Keine zweite beherrschte die Rutschbahn so wie sie. In ihrem abgeschotteten Inneren verstand sie Erfolg durchaus im Sinn von Beherrschen.

Die Parksaison neigte sich dem Ende zu. Die Spannung des Fallenstellers wuchs. Das Opfer befand sich schon im Käfig. Bald musste die Tür ins Schloss fallen.

Was Anselms Tätigkeit in diesem Stadium besonders erregend machte, war das Warten auf den äußeren Anlass. Kein Fallensteller mit Selbstachtung würde den äußeren Anlass selbst herbeiführen. Das erschiene ihm plump und sogar gegen die Regeln verstoßend. Ein guter Fallensteller nützt den Schwung zufälliger Ereignisse. Allerdings bestreitet er deren Zufallscharakter und nennt ihn Bestimmung. Er nützt die Gesetze der Wahrscheinlichkeit zur Selbstbestätigung und zimmert sich so einen kleinen Glauben. Das ist menschlich. Den äußeren Anlass lieferte wiederum das Mehrzweckvieh. Es zeigte übrigens schon Ansätze zur Fettleibigkeit, so sehr war es in Anselms Gunst gestiegen. Der Hund spielte mit Christl. Sie warf den Ball und er holte ihn. In seinem Eifer übersah er einen Pfahl, der dazu diente, ein missmutiges Gewächs aufrecht zu halten. Aber das ist von nebensächlicher Bedeutung. Das Mehrzweckvieh kollidierte mit dem Pfahl, stieß einen unsäglichen Schmerzenslaut aus und taumelte. Christl war zutiefst erschüttert. Sie fühlte sich schuldig. Anselm jubilierte (innerlich). Nach außen gab er sich angemessen besorgt und unterdrückte diese Besorgnis so halbherzig, dass sich die Schuldgefühle des Kindes noch vermehrten. Dabei erweckte er geschickt den Anschein, gerade das vermeiden zu wollen. Die scharfäugigen Mütter nahmen es gönnerhaft zur Kenntnis.

Aber die kümmerten ihn zu diesem Zeitpunkt kaum mehr. Er würde diesen Park nie wieder betreten. Die Stadt war groß. Christl spielte die Opferrolle beinahe zu perfekt. Sie war es, die tränenerstickt vom Tierarzt stammelte. Sie bestand in ihrer kindlichen Einfalt darauf, den Hund mit Anselm dorthin zu begleiten. Der Schock hatte scheinbar ihren Panzer gesprengt. Alle Reserviertheit war von ihr abgefallen wie Raureif in der Frühlingssonne.

Der Fallensteller frohlockte. Er widersprach sanft, hielt das Kind hin, gab ihm Leine; so wie Fischer es unbewusst bei einem kleinen Fang tun, um ihm ein bisschen mehr Bedeutung zu verleihen. Anselm tat es bewusst. Er genoss es. Ihm war, als fühlte er tatsächlich die feingesponnenen Fäden zwischen den Fingern, als spielte und dirigierte er die Welt mit ihnen.

Der Zuruf einer der Mütter war nur mehr eine schon halb erwartete Krönung.

„Nehmen Sie sie doch mit", sagte sie. „Die kommt früh genug nach Hause."

Zwei andere nickten auffordernd dazu. Anselms Triumph war makellos.

Er trug das unverletzte, aber leise wimmernde Mehrzweckvieh (und zwickte es, um den abklingenden Schmerz am Leben zu erhalten). Christl ging neben ihm, den traurigen Kindern eigenen, gefassten Ausdruck im Gesicht. Anselms Herz tanzte Tango, sein Verstand arbeitete eiskalt. Die überlisteten Weiber sahen ihnen nach, teils schmunzelnd, teils kopfschüttelnd. Außerhalb des Parks stieg das Trio in Anselms Wagen. Christl übernahm, sorgsam angeschnallt, das Mehrzweckvieh. Anselm startete und blockierte die Zentralverriegelung. Die Falle war zugeschnappt.

Daniel, 10, richtete sich hinter dem Fahrersitz auf. Mit sicherer Hand presste er die Mündung einer winzigen Pistole, stupsnasig wie er selbst, fest in Anselms Nacken. Christl kraulte zärtlich das Mehrzweckvieh, während sie mit kühler Stimme die Route ansagte. Sie fuhren weit hinaus – in eine Gegend, die Beamte des Ministeriums nur von Dias kennen. Die Reise endete im Keller einer krautüberwucherten Ruine. Anselm zweifelte nicht daran, unversehens und am hellen Tag in einen Alptraum geraten zu sein. Sie hatten ihn mit Draht an einen Stuhl gefesselt. Der Draht schnitt in seine Haut. Nun umstand ihn die feixende Meute. Es sah ganz danach aus, dass er, der Fallensteller, seinerseits in eine, in ihre Falle getappt war.

Sie – das war eine Horde Kinder, nicht ganz ein Dutzend, alle so um die zehn Jahre alt. In ihren Augen stand ein lauernder, beunruhigender Ausdruck.

Daniel, der Bandenchef, küsste betont sittsam Christls Wange und sagte: „Du bist ein As, Schatz. Aus jedem Park ziehst du einen."

Dabei fasste er ihr betont unsittsam unters Röckchen. Christl sah Anselm an, legte den Kopf zur Seite und rief übertrieben kokett: „Ohl"

Alle lachten; so herzlich und erbarmungslos wie nur Kinder lachen können.

Der Fallensteller spürte den blanken Hass dahinter. Er hätte gerne geschrien, aber der Knebel saß so fest, dass er nur mit Mühe atmete. Schweiß und Tränen füllten seine Augen und vervielfältigten die lachenden Grimassen bis er glaubte, eine Kuppel stürze über ihm zusammen. Er schloss verzweifelt die Lider. Anselm hatte Angst wie nie zuvor im Leben. Ein heftiger Schmerz holte ihn zurück. Daniel hatte ihm einen Schlag aufs Nasenbein versetzt.

„Dort ist dein Ehrenplatz."

Anselms Blick folgte der Richtung des ausgestreckten Arms. Ein kleines Mädchen stand kichernd vor der nackten Mauer und deutete mit dem Finger auf einen in die Wand geschlagenen Nagel. Fünf weitere Nägel waren daneben eingeschlagen. An ihnen hing so etwas wie kleine, vertrocknete Säckchen. Sie erinnerten Anselm entfernt an schrumpelige Haut.

„Es gibt eine Menge von deiner Sorte", deklamierte Daniel, „und viele hängen an diesem Orte!"

Die Kinder johlten. Daniel war super. Er war groß. Er lüpfte die Mundwinkel in der Art von Humphrey Bogart, trat vor den Ministerialbeamten und machte sich an seiner Hose zu schaffen. Dann trat er zurück und sagte kühl: „Es ist deiner, Christl."

Anselm fiel in Ohnmacht.

Als er erwachte, war er allein. Er hatte keine Schmerzen. Zumindest nicht die Art von Schmerzen, die er so sehr befürchtet hatte. Sie hatten nur geblufft, die kleinen Ungeheuer. Aber dann, im Lauf der langen Stunden, sehnte er sie doch wieder herbei. Er wusste nicht mehr, war es Tag oder Nacht. Er wusste nicht, wie lange er schon auf diesen Stuhl gefesselt war. Vor allem anderen wusste er nicht, ob überhaupt jemals jemand kommen würde. Es blieb ihm nichts übrig, als zu warten. Und Anselm wartete.

Fliege, fliege – in die Luft

„Er hat es wieder getan!", rief Frau George verbittert und alle
wussten, dass sie nicht den Gesichtschirurgen meinte. Sie war
eine große, massige Frau mit Chauffeur, Doppelkinn,
Goldschmuck und einem Modellkleid unbekannter
Konfektionsgröße. Aber neben all dem war sie auch Mutter
einer schulpflichtigen Tochter. Ihre momentane Verstimmung
hing unmittelbar damit zusammen.
„Wer hat was wieder getan?"
Dr. Harrer stellte die Frage in einfühlsamem, samtweichem
Ton. Seine Klienten, speziell seine Klientinnen, schätzten
diesen Ton über alles. Dr. Harrer war Rechtsanwalt. Er
entstammte den richtigen Kreisen, kannte die richtigen Leute
und verdiente sich eine goldene Nase bei
Immobilientransaktionen. Er war auch sonst reich an Facetten.
Unter anderem war er Vater. Deshalb saß er hier.
„Zecky hat es getan!", rief wiederum Frau George, die sich
eigentlich nie in normaler Stimmlage befand. Das hatte bereits
vier Ehemänner in die Scheidung und den Ruin getrieben. Die
Herren kannten sie zunächst ja nur von Partys und ähnlich
lauten Veranstaltungen. Wenn man aber schon beim
Frühstück um die Butter oder die Marmelade nicht
angesprochen, sondern angeschrien wird, ist das weit weniger
vergnüglich.
„Er hat Martha zum dritten Mal in zehn Tagen nachsitzen
lassen. Weil sie sich auf der Toilette um eine Minute
verspätete!"
Frau George schnaubte.
„Stellen Sie sich das vor!"
Die illustre Elternrunde tat es und murmelte Unmut. Dr.
Harrer, von Berufs wegen gegen Unmut immun, zog langsam
die linke Augenbraue hoch. Kenner wussten es als
schwerwiegendes Zeichen zu deuten. Mit ernster
Entschlossenheit griff der Anwalt nach seinem Aktenkoffer
aus einbruchssicherem Büffelleder. Ein schmales, schwarzes

Buch glitt aus einem Geheimfach. Das Gemurmel verebbte und wich gespanntem Schweigen. Der Meister der Bedeutsamkeit blätterte langsam von einer Seite zur anderen. Wie von vornherein zu erwarten, fand er, was er suchte, ganz am Schluss unter ‚Z‘. Die Eintragung lautete: *Zechenmeister, Spitzname Zecky. Mathematik, Chemie, Physik*. Darunter folgte eine lange Liste von Vorwürfen, durchwegs notiert mit karmesinroter Tinte. Dazu muss man wissen, dass Dr. Harrer Karmesinrot verabscheute. Die Symbolik, die im Gebrauch dieser Farbe im Zusammenhang mit Zecky lag, erschließt sich wohl von selbst. Der Rechtsanwalt schlug das Buch heftig zu. „Dieser Vorfall, werte Anwesende, schlägt dem Fass den Boden aus. Niemand kann uns mangelnde Geduld vorwerfen, darin werden Sie mir beipflichten. Es liegt nun an uns, dass wir uns nicht selbst mangelnde Tatkraft zur Last legen müssen. Es wäre aber ein Fehler, wenn wir den Eindruck erweckten, aus Eigennutz zu handeln. Alles was wir unternehmen, hat nur einem Ziel zu dienen: Dem Wohl unserer Kinder!“

Während Dr. Harrer diese Sätze als Einleitung verstand, der eine längere Rede über allerlei interessante Themen wie Schule, Verantwortung, Staat und Gesellschaft, Freiheit, Eigeninitiative, Selbstlosigkeit und ähnlich Gewichtiges folgte, wollen wir uns kurz ausblenden, um einiges zu erklären:

Die kleine Runde, der Dr. Harrers Vortrag galt, war eine Interessengemeinschaft äußerst wohlhabender Eltern. Und darüber hinaus oder vielleicht gerade deshalb auch sehr unzufriedener Eltern. Die Schulleitung handelte nicht so, wie sie es erwarteten und der offizielle Elternverein wurde von Leuten dominiert, die Dr. Harrers Überzeugungskraft nicht erlagen. Wie es in solchen Fällen häufig passiert, spaltete sich die Minderheitsfraktion ab und machte sich selbständig. Um weiteren Endlos-Debatten zu entgehen, die sich aus dem Streit ergaben, wer nun wann den Raum des Elternvereins benützen dürfe, wies der Direktor der Minderheit einfach ein Zimmer im alten, jetzt ungebrauchten Trakt der Schule zu. Dort prangte nun eine Tafel an einer Tür und dort versammelte sich ein Häufchen Getreuer, um sich zu beklagen und um Dr. Harrers Ausführungen zu lauschen. Die der in diesem Augenblick ziemlich enthusiasmiert beendete.

„Nun, verehrte Frau George, seien Sie gewiss. Wir werden handeln!"

Frau George erbebte. Was für ein Mann! Schade, dass sie momentan nicht frei war.

Dr. Harrer bastelte die Bombe selbst. In Kriegszeiten hatte er wertvolle Kenntnisse auf diesem Gebiet gewonnen und außerdem war es eine nette Abwechslung. Es machte sich bezahlt, alte Schachteln unterm Kinn zu kraulen, aber es kostete viel Kraft. Das Ergebnis seiner Mühe war ein unauffälliger Schuhkarton mit brisantem Inhalt. Er empfand berechtigten Stolz, als er ihn einige Tage später präsentierte. Frau George ließ es sich nicht nehmen mit ihrer steifen Schrift *Zecky* darauf zu kritzeln. Sie war es auch, die das Präsent im Wagen des Professors verstaute. Zu gegebener Zeit würde man den Mechanismus per Funk starten. Von diesem Moment an bewegten sich die Zeiger der elektrischen Zündvorrichtung gänzlich lautlos auf den Punkt X zu.

Eine Festversammlung wurde einberufen, man trank Champagner und starrte gespannt auf den Reisewecker, der vor Dr. Harrer stand. Er würde haargenau in dem Moment klingeln, in dem ... Keiner der Anwesenden wurde es müde, den Vergleich mit Silvester zu ziehen. Die Spannung stieg mit jeder Minute, genau wie am Ende des alten Jahres, ehe es endlich vorbei ist und man das neue mit einer Fülle von Dummheiten begrüßt, wie um zu bekräftigen, dass sich gewiss nichts ändern werde.

Frau Georges umhegtes Töchterchen hieß Martha. Sie war siebzehn, rotgelockt, von rassiger Figur und rassigem Gemüt. Sie war leidenschaftlich in Zecky verliebt und er blieb ihr nichts schuldig. Die Stunden, die sie vorgeblich strafhalber in der Schule zubrachte, vergingen im Taumel der Leidenschaft wie Minuten. Biologie im Chemiesaal war die einzige ökologische Nische gewesen, die ihnen offen gestanden hatte. Bis heute. Heute war Martha dem strengen Regiment der Mutter entflohen und saß im Beifahrersitz von Zeckys Flitzer. Genaugenommen kauerte sie auf dem Sitz, mit angezogenen Knien. Mit ihren nackten Armen hielt sie den einhändig lenkenden Professor umschlungen und knabberte an dessen rechtem Ohr. Es waren nur noch wenige Sekunden bis X.

„Bist du wirklich sicher, dass Mama nichts davon erfahren wird? Du weißt, wie sie ist."

Ja, Zecky wusste es. Er lächelte und drückte seine Lippen auf ihre Sommersprossennase.

„Sie wird nichts erfahren, verlass dich darauf."

Noch eine Sekunde bis X. Zecky zog den Wagen in eine schnelle Kurve. Amüsiert dachte er an den Karton mit seinem Namen, der nun in einer Tischlade im Zimmer des Elternvereins lag. Im Zimmer der Minderheitsfraktion, versteht sich. Es zeugte von Weltfremdheit, eine Bombe unter einem Klappsitz zu verstecken. Frau George war nie in einem Wagen gefahren, der weniger als vier Türen hatte. Er kannte ihre Schrift gut. Er sammelte Beschwerdeschreiben.

Aus der Ferne tönte eine Explosion. Martha scherte sich nicht darum. Sie kuschelte sich noch enger an den Geliebten und knabberte weiter am Professorenohr. Zecky lenkte problemlos mit einer Hand. Auch die andere war beschäftigt.

Fehl am Platz

Der Tote lag eines Morgens auf einer Pritsche. Einfach so.
Die Pritsche stand im Schlafraum der kleinen Polizeistation.
Jeder Mensch wusste, dass die beiden Eingangstüren zur
Station nie verschlossen waren. Warum etwas verschließen,
wo es doch nichts zu holen gibt? Diesmal hatte jemand sogar
etwas gebracht.
Er sah schrecklich aus. Das Gesicht von einer dicken
Blutkruste entstellt, Hemd und Hose blutverschmiert, Blut auf
dem linken Schuh, der rechte Fuß nackt und verkrümmt.
Neben ihm lag ein Baseballschläger aus hellem Eschenholz.
Sein dickes Ende triefte von einer dunklen, klebrigen Masse.
Aus der Masse ragten Haare, teils blonde, teils blutgefärbte
Haare. Bill wurde übel. Er war der neue Assistent des
Polizeichefs und es war ihm sehr peinlich. Der Chef selbst
zuckte nur die Achseln und sagte: „Das ist Sam Barry."
Damit schloss er die Tür, setzte sich an seinen Schreibtisch
und führte mehrere Telefonate. Eines davon mit dem
Fleischhauer, eines mit der Brauerei. Er und Erna gaben am
Samstag eine Party.
Bill war mit dieser Art Morduntersuchung durchaus nicht
einverstanden. Leider fühlte er sich noch sehr schwach.
Üblicherweise – und das ist die Pflicht jedes Bürgers – hätte
er nicht gezögert, seine Meinung zu sagen. Wem auch immer.
Und vor allem immer. Er hatte die Erfahrung gemacht, dass
ihm die Leute überraschend oft Recht gaben. Und das
bedeutete wohl, dass er überraschend oft Recht hatte.
Trotz Bills Zweifeln ließ sich die Untersuchung gut an. Es
hatte mit der Person des Opfers zu tun. Sam Barrys
Beliebtheit lässt sich daran ermessen, dass sich binnen
Kurzem nicht weniger als fünf Personen zur Tat bekannten.
Der Sheriff nahm es gelassen. Er fragte jeden nach der
verwendeten Mordwaffe und schickte sie dann allesamt heim.
Zwei tippten auf Revolver, einer auf Messer, einer auf
Drahtschlinge, einer auf Gift.

Bill war erst vor drei Wochen aus einem anderen Staat hierher übersiedelt. Dank seiner hervorragenden Zeugnisse hatte er sofort den Posten erhalten. Das hieß, er kannte sich noch nicht so gut aus in der Stadt. Darum fand er das große Aufgebot an Freiwilligen ziemlich ungewöhnlich.

„Sam Barry war auch ein ziemlich ungewöhnliches Schwein!" So lautete Sheriff Kolks Erklärung.

Bill dachte an den Toten auf der Pritsche und war schockiert.

„Ein Schwein?"

„Im übertragenen Sinn natürlich. Niemand bei uns hat ihn anders genannt."

Bill genügte das nicht. Gib dich nie mit dem ersten Anschein zufrieden. Kauf nie die billigen Bananen, frag zuerst, warum sie so billig sind. Kauf auch nicht die teuren. Frag, warum sie so teuer sind.

„Und wenn sie ganz normal viel kosten?", wollte seine junge Frau Mary wissen.

„Dann frag', warum sie nicht billiger oder teurer sind. Trau bloß nicht dem ersten Anschein."

„Aber warum? Was hat der arme Kerl denn angestellt?"

„Alles, was man nur anstellen kann", sagte Kolk. „Er verführte die Tochter des Bürgermeisters. Er schwängerte sie. Dann bestritt er es und verbreitete das Gerücht, dass es die Nutte ohnehin mit jedem treibe."

Bill entstammte der glorreichen Tradition puritanischer Toleranz. Er wurde knallrot.

„Der Bürgermeister ließ sich das gefallen?"

Sheriff Kolk schnaubte unwillig.

„Was blieb ihm denn übrig? Barry hätte alle Honoratioren unter Eid über ihr Verhältnis zu Priscilla befragen lassen."

„Na und?"

„Bei uns lügen die Leute noch nicht so gut, wenn sie vorher auf die Bibel schwören."

Bill überlegte eine halbe Minute lang. Dann öffnete er den Mund, schloss ihn wieder, und überlegte noch eine halbe

Minute. Trau nie dem ersten Anschein. Aber es wurde nicht besser.

„Sie meinen, Barry sagte nur die Wahrheit über das Mädchen?"

„Der Bürgermeister hielt es nicht für ausgeschlossen."

„Was sagte Priscilla?"

„Sie bestritt, jemals Geld genommen zu haben. Der Balg, es ist ihr dritter, wächst bei den Großeltern auf. Er ist rothaarig."

Bills moralisch entwurzelter Blick verfing sich in Sheriff Kolks dichter karottenroter Mähne. Er verbiss sich die Frage, die ihm auf der Zunge lag. Gewiss eine Premiere für Bill.

„Was hat Barry noch verbrochen?"

„Er bot eine Riesenwette an. Dabei setzte er einen Haufen Geld darauf, dass unser Richter bestechlich sei."

„Was ist passiert?"

„Er hat gewonnen."

Bill zuckte zusammen.

„Dann stimmt es, dass der Richter ..."

„Sieht so aus."

Trau nie dem ersten Anschein. Dennoch mischte sich ein heiseres Krächzen in Bills quengelige Stimme.

„Erzählen Sie weiter."

„Sein nächstes Opfer war die Polizei. Der Kerl behauptete glatt, ich stecke mit den Koks-Schmugglern unter einer Decke."

Bill schöpfte wieder Hoffnung.

„Da konnten Sie ihm ja endlich ans Fell."

Sheriff Kolk machte eine bedauernde Handbewegung.

„Keine Spur. Er hatte reichlich Beweise."

Bills Gesichtsausdruck erinnerte an den eines minderbegabten Schafes. Dem Sheriff schien es nicht aufzufallen.

„Bald darauf ließ er Plakate aufhängen. Ganz schlichte Plakate. Ein einziger Satz stand darauf, aber der war nicht zu übersehen. Er lautete: Die Frau des Pfarrers ist eine Ladendiebin."

„Nein!"

„Doch. Er zeigte Fotos herum. Da verstaut sie gerade eine Flasche Jonny Walker unter ihrem Rock."

„Das ist schrecklich. Wie reagierte der Pfarrer?"

„Der trinkt nur Bourbon. Auch sonst hielt er sich sehr zurück. Sam wusste natürlich, dass er seine Hände im Beichtstuhl nicht immer bei sich behalten kann – besonders wenn gerade junges Gemüse sein Gewissen erleichtert. Aber das können Sie sich ja vorstellen."

Bill tat es. Plötzlich musste er an seine hübsche, junge Mary denken. Seit ihrer Ankunft in dieser schrecklichen Stadt besuchte sie täglich die Kirche. Den Pfarrer lobte sie über die Maßen.

„Noch etwas von Barry?", fragte Bill gedankenverloren.

„Jede Menge. Er wies nach, dass es unsere Amme war, die am Spielplatz in Teer getauchte Schnuller auslegte. Er deckte die Unterschlagungen des Bankdirektors auf. Er machte publik, dass Joe Henderson, der Autohändler, gestohlene Wagen verkauft. Er überführte Virginia Walters, die Vorsitzende des Moralkomitees, des Handels mit pornografischen Bildern. Niemand widersprach, als er behauptete, dass der Schuldirektor nach der Turnstunde die kleinen Jungen wäscht und den großen gegen Geld Marihuana besorgt. Er belegte, dass der Feuerwehrkommandant wegen Brandstiftung vorbestraft ist und unser alter Doc wegen illegaler Abtreibung. Dabei stellte sich gleich heraus, dass Doc eigentlich kein richtiger Arzt ist. Er arbeitete nur einmal als Portier in einem Krankenhaus. Dort feuerten sie ihn aber, weil er die Patientinnen beim Duschen bespitzelte. Barry wies auch nach, dass der Apotheker ohne Rezepte Rauschmittel verkauft und zum Ausgleich mit gefälschten Rezepten die Versicherung betrügt. Er belauschte den Herausgeber des SUNDAY, als der versuchte Meyerson zu erpressen. Meyerson ist Grundstücksmakler und in verschiedene Affären verwickelt. Er ertappte die Schwägerin des Bürgermeisters bei dem Versuch, mit einer Schlinge Münzen aus dem Opferstock zu fischen. Er ..."

„Genug!" stöhnte Bill. „Hören Sie auf! Dieser Barry war ja der einzige anständige Mensch in Ihrer verkommenen Stadt!" Vom eigenen Gefühlsausbruch überrascht, hielt er sich unwillkürlich den Mund zu. Sheriff Kolk lächelte auf unergründliche Weise. Ein kühler Luftzug strich über Bills Nacken und ließ ihn erschauern. Er hatte das Öffnen der Tür nicht gehört.

„Keineswegs!", schmetterte eine volle Stimme hinter ihm. Bill fuhr herum. Da stand der Ermordete und wischte sich das Blut aus dem Gesicht. Er kicherte.

„Oder sind Sie vielleicht schon einmal einem anständigen Schauspieler begegnet, Mister?"

Da begriff Bill, dass sie ihn reingelegt hatten. Die ganze Stadt brüllte vor Lachen. Der Sheriff, dem Bill die schwersten Wochen seines Lebens beschert hatte, erstickte beinahe daran. Und Bill erkannte, dass ein so kluger Kopf wie er nicht in dieses verblödete Kaff passte. Er packte seine sieben Sachen. Sheriff Kolk stellte ihm das beste Zeugnis aus, das man sich nur vorstellen kann. Bills Mary aber blieb zurück. Sie wollte um keinen Preis die tägliche Beichte bei Pfarrer Softgrip missen.

Letzte Schöpfung

Schauplatz: Eine kleine Stadt in einem Riesenland, umgeben von gigatonnenschwerer Natur.
Personen: Zwei Schmierenkomödianten, ein Monarch, Manuela.

VORSPIEL

Der kleine, korpulente Mann stand Adamsapfel an Gürtelschnalle vor dem großen, hageren und lächelte konspirativ. Als er zu sprechen begann, war auch sein Flüstern top-secret, was angesichts des lärmerfüllten Platzes ein wenig überspannt anmutete. Der Große bedeutete ihm denn auch, dass er keinen Ton verstand.

„Ich habe Sie schon einmal darauf aufmerksam gemacht, Borsov", wiederholte der Kleine etwas lauter. „Unser oberstes Gebot heißt Geheimhaltung."

Borsov nickte, grinste und erwiderte aus der Höhe seines Wuchses wie von einem Podest, deutlich hörbar im weiten Umkreis: „Nicht nur einmal, Serner, wenigstens ein Dutzend Mal. Und ich weiß immer noch nicht warum."

Serner zuckte wie unter einem Doppelschlag. Die eine Ohrfeige war Borsovs Lautstärke, die andere sein spöttischer Tonfall. Im Grunde war Serner äußerst schüchtern. Die Abfuhr hätte normalerweise genügt. Aber, wie es sich bei schüchternen Leuten manchmal ergibt, er war in einigen Punkten auch sehr stur. Besonders, wenn er sich nicht ernst genommen fühlte.

„Missverstehen Sie mich nicht", setzte er darum nach, „es hängt ungeheuer viel davon ab."

Dabei versuchte er den Blick des anderen zu bannen. Er dachte nämlich, dass die Entschlossenheit in seinen hellen, heiteren Augen eine starke hypnotische Wirkung ausübte – speziell auf sensible Typen. Nun, wenn es so sensible überhaupt gab, Borsov gehörte nicht zu ihnen. Er war gelangweilt und bemühte sich nicht, es zu verbergen. Das war die dritte Ohrfeige für Serner. An der Nichtbeachtung der anderen zerbröckelt auch Sturheit wie ein Felszacken im Wind der Jahrtausende. Nur schneller. Serner trat sprachlich und körperlich schwankend den Rückzug an.

„Ich vertraue Ihnen natürlich Borsov, ja, das ist … Sehen Sie …"

Er beendete den verirrten Satz in falschem Räuspern, das zu echtem Husten führte. Borsov dachte nicht an Schonung. Im Gegenteil. Er stieß nach mit aller Ironie, die ihm zur Verfügung stand. Die Dimension seines Vorrats war eher gering.

„Sie vertrauen mir natürlich, Serner, weil ich ein so überaus vertrauenswürdiger Bursche bin, das ist mir klar. Ganz nebenbei bin ich auch der einzige hier, der Ihnen helfen kann. Aber das hat mit Ihrem Vertrauen nicht das Geringste zu tun, hab' ich recht? Das wäre ja ein unwürdiger Handel."

Er fügte ein kurzes, gackerndes Lachen an.

Serner hasste es, wenn man so mit ihm redete. Er hasste Ironie, abgesehen von der ganz sanften, die er eher empfand wie ein leichtes Streicheln gegen den Strich. Er wollte die Leute beim Wort nehmen und selbst beim Wort genommen werden. Das Schlimmste war jedoch: Borsov hatte Recht. Er war der einzige hier. Er vertraute ihm, weil er keine Wahl hatte. Es war ein unwürdiger Handel.

Anmerkung eines Cabaret-Direktors: Nur ganz reine Geister erkennen den Pleonasmus im letzten Satz.

Anmerkung abgelehnt.

Serner murmelte etwas und flüchtete. Borsov sah ihm immer wieder gerne nach. Serners rundes Heck erinnerte ihn an den Bauernhof seiner Eltern, an die spröde Eleganz dahin trabender Säue. Es stimmte ihn sentimental.

Das Treffen hatte auf dem Marktplatz stattgefunden. Serner meinte, dort am ehesten vor Lauschern sicher zu sein. Wieder lachte Borsov. Arme Schweine, diese Lauscher. Bis jetzt hätten sie nichts weiter erfahren, als dass er ein Geheimnis wahren sollte, das er nicht kannte. Das Getuschel und Getue des Kleinen machte ihn beinahe neugierig. Ihn, der Gefühle insgesamt und Neugier im Besonderen zutiefst verachtete. Nun plagte ihn nicht nur Neugier, sondern auch noch Sentimentalität wegen dieses Hinterns, der ihn an seine Kindheit erinnerte. Langsam wurde es ein bisschen viel. Seit drei Wochen arbeitete er für den Kerl und hatte keine Ahnung, worum es ging. Sie drehten mit Borsovs Hubschrauber Schleifen über der entlegensten Wildnis. Serner machte Fotos und Notizen. Kein Sterbenswörtchen, was dahintersteckte. Keine Frage erlaubt, so lautete die Vereinbarung. Am meisten störte Borsov, dass diese Verschwiegenheit überhaupt nicht zu Serner passte. Vom Typ her war er ein ausgesprochener Schwätzer, eine Nervensäge. Solche Menschen, dachte er, haben kein Recht auf Geheimnistuerei. Serner war anderer Meinung.

Hätte er irgendwas erzählt, irgendeine Andeutung fallen lassen, Bodenschätze, Pelztierzucht oder so was, das hätte schon gereicht. Ob gelogen oder nicht. Borsov war ohnehin überzeugt, alle Phantasten und Phantastereien schon zu kennen, da kam es auf die Wahrheit nicht an. Aber nur Schweigen, manchmal unterbrochen von einem Lächeln ... Es war ein seltsames Lächeln. Borsov nannte es komisch, aber das traf nicht den Punkt.

Serner hätte ihm nicht einmal seinen Namen verraten, wenn das zu vermeiden gewesen wäre. Aber er beorderte ihn auf diesen verdammten Platz, mitten in die pralle Sonne, nur um Verschwiegenheit zu fordern!

Borsov war das Lachen vergangen. Immerhin verdiente er gut bei der Sache. Er schüttelte den Kopf, groggy wie ein angeschlagener Boxer, und steuerte die nächste Theke an. Nach dem dritten Glas fiel ihm ein, dass sich sogar in sein zähnefletschendes Verhältnis zu Manuela die falsche Friedfertigkeit der Satten eingeschlichen hatte. Das gab ihm Stoff zum Nachdenken, bis die Bar schloss.

1. AKT

Serner seinerseits hatte einen Traum. Einen Traum und ein
trauriges Lächeln für Borsov, das der fälschlicherweise
komisch nannte.
Er watschelte durch die staubigen Straßen, blind für den
chaotischen Verkehr, die spielenden Kinder, die streunenden
Hunde, die Straßenhändler und Tagediebe. Er sah weder die
Vielfalt der Farben noch die des Lebens, die sich im breiten
Lächeln zweier zugänglicher Senhoritas spiegelte. Er sah nur
sein Ziel, das er mit fanatischer Unbeirrbarkeit verfolgte.
Es war heiß und staubig. Unter dem Rand seines flachen
Hutes floss aus tausend feinen Quellen glänzender Schweiß,
der sich sammelte und Streifen auf der staubgrauen Haut
hinterließ. Vogelgezwitscher füllte Serners Ohren vor allen
anderen Geräuschen, denen er nur geringe Bedeutung beimaß.
Sein Ziel war die schäbige Poststation. Sie war die einzige
weit und breit und darum mit dem Titel *Hauptpost*
geschmückt. Ihr Generaldirektor, Leiter, Direktorstellvertreter
und Oberbefehlshaber war ein alter, korrekter, würdevoller
Herr, der seine gesamte Existenz (und damit die Welt) auf
nichts weniger als das tadellose Funktionieren seiner Behörde
stützte. Er war im Recht. Niemand darf die Macht
unterschätzen, welche das selbstgeschaffene Bild von der
eigenen Existenz auf ebendiese Existenz ausübt. Serner
wusste das. Und der höchste Anspruch des alten Herrn an die
Pünktlichkeit seiner Post erfüllte sich auch – indirekt – als die
höchste, nämlich reinste aller Fiktionen. Auch das war Serner
mittlerweile bekannt. Er betrat das Gebäude und näherte sich
dem Marschall der Pakete, Briefe und bunten Marken, der
hinter einem ehrwürdigen Schalteraufbau aus dem vorigen
Jahrhundert saß. Weniger saß, als vielmehr thronte. Weniger
auf dem Holzschemel, als vielmehr auf der Bedeutung seines
Amtes. Ein strenger und doch gütiger Monarch.
„Sie wünschen, mein Herr?", fragte er.

Seine Miene war von tadelloser Höflichkeit, kein Ausdruck des Wiedererkennens zeigte sich. Serner bewunderte ihn dafür. Seit nunmehr zwei Wochen sprach er täglich aus demselben Anlass vor. Längst bemühte auch er sich, seine Frage klingen zu lassen, als hätte er sie zum ersten Mal gestellt. Darauf folgte der zweite Einsatz des Generals.

„Ihr Name, wenn ich bitten darf."

„Serner. Seebald Serner."

Es lief wie am Schnürchen. Ihre Majestät durchblätterte sorgfältig den Aktenstoß, der sich seit vierzehn Tagen weder an Inhalt noch Umfang merklich geändert hatte.

„Hier finde ich nichts, doch will ich im Lager nachsehen, es kann sein ..."

Er glättete seine Uniform und schritt durch eine Tür im düsteren Hintergrund des Raums. Serner erinnerte sich an das Kino, das er als Kind einmal besucht hatte. Ein Kurzfilm wurde in endloser Wiederholung abgespielt, bis ein technischer Defekt die Vorstellung unterbrach. Manchmal dachte er, dass er ohne jenen Defekt heute noch dort säße. Hin und wieder glaubte er sogar, das ominöse Gebrechen habe nie stattgefunden und alles was seither geschah, sei nur eine von unendlich vielen Wiederholungen. Auch der Defekt wiederholte sich. Der Postadmiral kehrte nicht auf seinen Hocker zurück, sondern blieb am Tresen stehen. Er atmete Triumph.

„Ihre Sendung ist pünktlich eingetroffen. Sie nehmen sie gleich mit?"

Furchtbar peinlich. Furchtbar peinlich für Serner, dass er darauf nicht vorbereitet war. Den Kleintransporter hatte er nur die ersten beiden Male gemietet, jetzt stand er mit leeren Händen da. Er eilte, um den Wagen zu besorgen und der vorwurfsvolle Blick des Hohepriesters der Nachnahme brannte wie ein Glutnest in seinem Nacken. Es ging nicht an, die Post durch tägliche Nachfrage zu verhöhnen und dann sein Paket nicht in Empfang zu nehmen. Der Kunde hatte moralische Schuld auf sich geladen, das blieb unbestritten.

Der Grad seiner Schuld war allerdings nicht näher bestimmbar.

Viele große und kleine Kisten landeten endlich im Hotelzimmer. Serner packte sie einzeln aus, inspizierte den Inhalt, verglich ihn mit einer Liste und verpackte ihn erneut. Eine Etappe fehlte noch bis ans Ende der Reise. Später stöberte er lange in seinen Karten und Notizblöcken. Noch später aß und trank er. Als er zu Bett ging, klopfte sein Herz voll und schwer, als pumpte es statt Blut Ströme von rubinrotem, funkelndem Wein.

Zeitig am Morgen machte er sich auf den Weg. Manuela, zwei fuchsienfarbene Schmetterlinge im Haar, öffnete ihm und lächelte wohlwollend. Dem kleinen, dicken Mann verdankte sie ihren fast gezähmten Borsov.

Zu Serners eigener Überraschung ignorierte er den freundlichen Empfang, zwängte seinen Kopf zwischen Manuelas Brust und den Türstock und rief: „Es ist soweit! Beeilen Sie sich!"

„Er schläft doch noch", warnte Manuela. „Es ist besser, Sie kommen in einer Stunde wieder."

Doch Borsov stand schon hinter ihr.

„Gehen wir", sagte er, obwohl ihm das Hemd noch über die Hose hing.

Manuela staunte. In dem kleinen Boss musste allerhand stecken, so wie Borsov parierte. Von Borsovs Neugier ahnte sie nichts. Automatisch griff sie nach der Hand des kleinen Boss und quetschte leidenschaftlich seine kurzen Finger. Serner fiel vor Schreck beinahe in Ohnmacht. Borsov versetzte Manuela einen zärtlichen Klaps, der sie durch die halbe Wohnung trieb und sagte wieder: „Gehen wir."

„Ja. Ja, das tun wir", bekräftigte Serner freudig bewegt. Einem wie Borsov vor seinen Augen die Mädchen ausspannen, das war eine neue Erfahrung für ihn. Wie leicht es war und wie angenehm.

„Ja. Das tun wir!", sagte er nochmals fest und übernahm die Führung. Viele Helden früherer Zeitalter waren klein an Gestalt gewesen, jedoch riesig an Mut.

Quelle: Propyläen Weltgeschichte in zwölf Bänden.

Im hastigen Gehen instruierte er den Piloten. Borsov hatte den Hubschrauber zu überprüfen und vollzutanken, Serner kehrte ins Hotel zurück, um die Fracht zum Startplatz zu bringen. Intensiver denn je träumte er den alten Traum. Und jetzt, da er ihm Manuela ausgespannt hatte, fand er ein neues trauriges Lächeln für Borsov. Borsovs Luftfahrtunternehmen umfasste einen Hinterhof und einen alten Schuppen. Das war der Hangar. Mit Stahltauen hatte er die Steher stabilisiert, damit die Hütte nicht bei jedem mittleren Windstoß zusammenklappte. Die schräggespannten Trossen verliehen ihr etwas Zirkushaftes, das durch den bunten Helikopter noch verstärkt wurde. Und nun tanzte Serner, der Grimassen schneidende Clown, mit geheimnisvollen Paketen vom Wagen zu Borsov, der sie, krank vor Neugier, aber unbewegten Gesichts, verstaute.

Dann waren sie startbereit. Feierlich reichte Serner Borsov eine Karte, die mit einem dicken Kreuz versehen war. „Dorthin."

Für Borsov klang es geheimnisvoll, bedeutsam, gravitätisch. Das Kreuz markierte einen Höhenrücken im trostlosesten Gebirge, das der Pilot sich vorstellen konnte. Dort gab es keine Siedlung, keinen Weg, nichts. Kein normaler Mensch würde für diesen Flug bezahlen.

„Sie werden mir beim Aufbau helfen", sagte Serner. „Sie werden der einzige Mensch sein, der von meiner Mission erfährt."

Borsov zog den Hubschrauber hoch. Der Kleine lächelte wieder komisch. So leise, dass man ihn kaum verstand, fügte er hinzu: „Sie haben ein Anrecht darauf."

Der Flug verlief problemlos, doch Borsov fühlte sich nicht wohl in seiner Haut. Er konnte sich nicht erklären, warum. Es schien fast, als wäre er sich plötzlich selbst ein Fremder. Ganz

tief in seinem Inneren begann er den Job, die Wildnis und
Serner zu hassen. Ein Beiklang von Furcht mischte sich in
seine Gefühle. Er erkannte sie nicht. Er deutete ja auch
Serners Lächeln falsch.

2. AKT

Nach eineinhalb Stunden hatten sie ihr Ziel erreicht. Die
Maschine schwebte über dem angepeilten Rücken, bis Serner
sich für einen Landeplatz entschieden hatte. Sanft setzte der
Helikopter auf. Sie stiegen aus.
Als die Turbinen verstummten und der Rotor auslief, drang
die tiefe Stille der Einöde wie Frost unter Borsovs Kleidung
und unter Borsovs Haut. Er erschauerte und fluchte halblaut.
Sein Platz war in der Luft oder wo auch immer, nur nicht hier,
an diesem elendsten, einsamsten Ort der Welt.
Serner hingegen war entzückt. Sofort erforschte er die
Umgebung. Der Pilot stapelte unterdessen große und kleine
Kisten auf das nackte Gestein.
Sie befanden sich auf einer kleinen Erhebung im Zuge des
Rückens, der wiederum nur einer von vielen langgestreckten
Felsmassiven war. Wie gefältelter grauer Brokat liefen sie
nebeneinander her. Ein tafelebener Block von etlichen Metern
Umfang und etwa zwei Metern Höhe ragte vor Serner auf. Er
kletterte hinauf und sah sich um. Das phantastische Panorama
zerkauter, umgebrochener, archaischer Natur drang so heftig
auf ihn ein, dass er ins Wanken geriet. Dieser Schauplatz ... Er
übertraf den seines Traumes auf furchtbar schöne Weise noch
bei weitem. Serner bebte vor Glück. Tief atmete er die reine,
kühle Luft. Es war soweit! Nach langen, fast allzu langen
Vorbereitungen, Planungen, Expeditionen hatte er sein
Podium gefunden, stand seine Bühne bereit. Der endlose Weg,
den er hinter sich gebracht hatte, wirbelte in bunten Collagen
vor seinen Augen und versank für alle Zeiten im Grab
erlöschender Erinnerung. Die glorreiche Herrlichkeit, das

allmächtige Jetzt, die wundersame Gegenwart trat ihre Herrschaft an.

Serner rief Borsov, gemeinsam trugen sie die Pakete und zogen sie hoch. Die Arbeit war anstrengend, doch Borsov fröstelte noch immer. So wie hier, stellte er sich vor, musste es sein, wenn man von der Erde weggeschleudert wurde und ins Nichts stürzte. Er hatte das Gefühl, dass Serner diese Vorstellung gefallen hätte. Ein Gedanke schoss ihm durch den Kopf, ein blitzartiger Einfall, fast übermächtig. Einen großen Stein packen und den kleinen Mann zerschmettern! Er tat es nicht. Fröhlich summend schlitzte Serner die dicken Kartons auf, aus denen wie Eingeweide braune Holzwolle quoll. Borsov zerrte sie mit zitternden Händen auseinander, entfernte Papier und Tücher und befreite die erste Trommel. Er erstarrte.

Was er in der Hand hielt, fassungslos, doch mit dem festen Griff der Lähmung, sah aus wie eine Trommel und war eine Trommel. Ein Musikinstrument!

Minutenlang stand Borsov da wie ein verirrter Zaunpfahl. Serner arbeitete weiter, ohne darauf zu achten, steckte Stangen ineinander, schraubte, verstellte, richtete ein und begutachtete sein Werk. Borsov sah eine chromblitzende Gesellschaft schlanker, eleganter, auch wuchtiger Geräte zu einer Struktur heranwachsen und erkannte in ihr ein komplettes Schlagzeug. Wie ein außerirdisches Geschwür wucherte es aus der nackten Felstafel, wie eine im Tanz vereiste Gruppe außerirdischer Metallgeschöpfe. Borsovs vage treibende Gedanken formierten sich neu. Es war nur ein Schlagzeug. Die unbestimmbare Angst, die er noch immer nicht als Angst verstand, schnürte ihm die Brust ein. Er hustete und überwand die Lähmung.

Serners Gesicht glänzte rotgolden vom Licht der Höhe und vom Licht, das aus seinem Inneren drang. Er verschnürte Kartons und Holzwolle zu handlichen Paketen und verstaute sie im Helikopter. Nichts durfte das Bühnenbild stören.

Borsov beobachtete ihn, in seinem Herzen zerbrach ein
Gespinst kristallener Fäden. Er lauschte dem Klang ihres
Untergangs, dann war alles vorbei, Borsov war wieder er
selbst, war wieder Arroganz und Ironie mittlerer Güte.
„Sie geben ein Konzert?"
Serner strahlte vor Würde und vor Freude.
„Es wird mein erstes und zugleich mein letztes Konzert. Aber
es wird noch mehr sein, eine Schöpfung, das ist gewiss."
Er machte eine Pause.
„Tut mir leid, dass ich Sie mit hineingezogen habe. Es ging
nicht anders."
Da lachte Borsov. Es gab also doch noch Verrückte mit neuen
Ideen und dieser hier war der verrückteste von allen. Nun war
ihm endlich nichts mehr fremd, nun konnte ihn wirklich nichts
mehr überraschen. Geheimhaltung, Borsov. Geheimhaltung!
„Ich soll Sie mit dem Spielzeug wohl allein lassen?"
Serner lächelte sein trauriges Lächeln für Borsov, der es nicht
mehr komisch fand. Es war das Lächeln eines Irren. Warum
hatte er das nicht gleich gespürt?
„Ja, Sie lassen mich allein."
Borsov zuckte die Achseln. Mochte der Kerl irr sein, sein
Geld war es nicht.
„Wann hole ich Sie ab?"
„Gar nicht."
War Borsov verblüfft? Nein.
„Überhaupt nicht?"
„Ich bleibe hier."
Serner war gutmütig, freundlich, liebenswürdig.
„Okay", sagte Borsov und tippte halb an die Hutkrempe, halb
an die Stirn. „Wie Sie wollen. Viel Vergnügen auch."
Er ging zum Hubschrauber, startete und hob ab. Er empfand
Verachtung, nicht Mitleid. Der Narrendoktor würde seine
Freude an dem Burschen haben. Aber fürs erste war es besser
zu verschwinden. Nicht widersprechen, das ist die erste Regel.
Dann warf er einen letzten Blick auf das einsame Schlagzeug
und den kleinen, dicken Mann daneben. Regte sich ein

bisschen Verständnis? Unsinn. Immerhin: Was für eine Geschichte für die Bars!

Traurig lächelnd sah Serner der Eisenlibelle nach. Es tat ihm wirklich leid um Borsov. Natürlich hatte er ihn durchschaut und vorgesorgt. Borsov würde ihn niemals sich selbst überlassen, aus vielerlei Gründen nicht. Doch gerade das war von entscheidender Bedeutung.

FINALE FURIOSO

Jetzt war der Helikopter nur noch ein kleiner Punkt. Die Sekunden verstrichen. Dann, schlagartig, blähte sich der Punkt auf zu einem orangen Ball, schien kurz in der Luft zu tanzen, zerplatzte wie eine Feuerwerkskugel und verschwand in der Tiefe. Serner seufzte. Er war ihm sympathisch gewesen, Borsov.

Doch bald klärten sich seine Züge, er wandte sich dem Schlagzeug zu. Er nahm auf dem Hocker Platz, zwischen all den Instrumenten, streichelte das glatte Metall, fuhr mit zitternder Hand über die feste Bespannung. Sein Blick glitt über die weite, einsame Wildnis, über ihre zurückhaltenden, urgewaltigen Farben, auf seinen Wangen fühlte er den rauen Wind, der Tag und Nacht die klobige Landschaft bestrich. Ungelenk, starr, schlug er zunächst zu. Erst auf die große Trommel, die dumpfe, klamm noch im Ton, unrhythmisch ... Dünn, dennoch unendlich weit tönten die Schläge über Felsstürze, Geröllhalden, Eisrinnen und schroffe Gipfel; stundenlang. Kein Tier, nicht einmal ein Raubvogel oder ein Insekt ließ sich sehen. Serner schwitzte. Sein Gesicht war konzentriert, dann entspannt, manchmal ernst, manchmal freundlich. Er hatte sich warmgespielt, seine Hände rasten. Die Sonne ging unter und ging wieder auf. Sein Trommeln begleitete sie, wie sie es in all der Zeit noch nie erfahren hatte. Er blinzelte ihr zu und sie war einverstanden. Zu dritt erschufen sie die Welt neu: Die Sonne mit ihrem Himmel, die Felsenkargheit und in ihrer Mitte ein winziger

chromblitzender Punkt, der die Leere mit seinen dumpfen und
schrillen Klängen langsam füllte bis zum Rand.

Oben links

„Oben links war der Himmel flaschengrün, darunter gelb, hellblau, birkenblaugrün und weinrot. Zwei Handbreit neben oben links verschwamm er rot-gelb-orange-blau-ocker. In der Mitte unten war er blaugrau, rechts unten braun-orange, darüber wieder flaschengrün."

„Welches Birkenblattgrün meinst du? Birkenblätter im Frühling, im Frühsommer, Hochsommer, Spätsommer, Herbst? In welchem Klima wachsen sie? Und vor allem: In welcher Gesellschaft?"

„Nicht gerade parallel, aber doch innerhalb eines Korridors, wanden sich über diesen ganz unwahrscheinlichen Himmel dünne, weiße Wolkenwürmer. Ein halbes Dutzend Düsenjets hatten sie ins Bild gezeichnet."

„Ich mochte Würmer nie, obwohl ich wusste, dass es ein dummes Vorurteil ist. Manchmal träumte mir von fetten, gelben Würmern, die sich von innen durch meine Haut fraßen. Sie hinterließen blutlose Löcher und Gänge in meinem Fleisch, aber keinerlei Schmerz."

„Es war der ideale Himmel, um darunter eine Liebesgeschichte zu beginnen. Manche sagen, alle Liebesgeschichten hätten nur einen Anfang und ein Ende. Das stimmt nicht, es sei denn, man schneidet sie zurecht bis sie sich in ein Muster fügen. So: Es war einmal ein Hengst und eine Stute, auf deren Beinen dicke Schnecken krochen ... Ein Stier sah eine Kuh, darüber flaschengrüner Himmel ... Oder so: In dem frühlingsbirkenblättrig gestreuten Licht verschränkten sich ihre Finger zu einem Zopf ..."

„Ich begann mich für Würmer zu interessieren, dann zu begeistern. Immerhin, wir teilten mein Fleisch und meine Haut."

„Für jedes Laster sei zu haben, sagte ich meinem Liebeshimmel – er schwankte im Rückfenster eines fahrenden Wagens – mit Ausnahme des einen, dich selbst zu ernst zu nehmen."

„Seit sie meine Zuneigung gewonnen haben, träume ich nicht mehr von ihnen. Das bedeutet für mich einen großen Verlust. Er geht über den Anlassfall hinaus, denn ich erkenne, dass dahinter ein Algorithmus steckt, der Zuneigung und Abstoßung verbindet."

„Gerade unter dem blaugrauen Teil des Himmels lagen wir auf Latschen und schwuren einander, nichts so sein zu lassen wie es war. Die Latschen rochen stark. Wir waren fest entschlossen. Seither weiß ich, dass kein Leben wäre ohne den Himmel über Latschen."

Lovely, der gute alte Rausschmeißer, stöhnte auf.

„Euch zuhören, das ist als ob einem langsam ein Zahn gezogen würde. Bevor ich in diese verdammte Herrensauna gekommen bin, war ich in einem netten, kleinen Bordell. Das Gefasel der Mädels dort war reines Gold gegen euer Geschwätz."

„Mir sind viele Zähne langsam gezogen worden. Es hat seinen eigenen Reiz. Was mir jedoch immer ein Rätsel bleiben wird, ist der Reiz eines Bordells. Wie können die vielen schönen Männer nur – wo es doch uns gibt?"

„Ich halt's bei Gott nicht aus!", murmelte Lovely und flüchtete.

„Niedlich. Er erinnert mich an wen."

„Nach einer gewissen Zeit tun das alle. Der Nachteil der großen Zahl. Auch ihr Vorteil: In gewisser Weise kennt man alle, sogar die Unberührbaren."

„Wie duften Latschen?"

„Würzig. Ein bisschen nach Gin, klar. Seltsamerweise aber auch entfernt nach Meer und Seetang, dem Geruch des Strandes nach stürmischen Nächten. Im Übrigen hängt es von der Feuchtigkeit des Bodens ab. Die bestriechenden Latschen wachsen auf trockenen, leicht sandigen Böden. Wenn sie nach einem Regen von der Juli-Mittagssonne beschienen werden, hältst du es beinahe nicht aus."

Lovely erschien aufs Neue und deklamierte:

Die Sonne küsst uns
Dich und mich
Wenn wie ihr zulächeln
Wenn wir es tun
Lebt die Welt
Und die Erde bebt
Im roten Sand
Duftet das Licht.

„Ganz selten begreifen wir das Leben in seiner gesamten, alles umfassenden Dimension. Und wenn es gelingt, dann nur für einen kurzen Augenblick. Es gehört einfach zu viel dazu. Im Alltag sind die Menschen Automaten, vorausberechenbar und vorausberechnet. Ihre Handlungen, ihr Denken, ihre Gefühle, sogar ihre Kreativität und ihre Liebe – nichts als ein simples Programm, ein Abzählreim, ene mene mu und draus bist du. Fehler natürlich inbegriffen. Ab und zu dreht ein Rädchen durch. Dann wird es neutralisiert, repariert oder ersetzt. Und drauf ein tüchtiger Schluck Schmieröl und *ab geht die Maschine*. Mit der echten Erfahrung des Lebens hat das natürlich nichts zu tun."
„Asche zu Asche, Staub zu Staub und so weiter. Hauptsache, die Würmer haben ihren Spaß."
„Wir alle sind aus Sternteilchen gemacht. Der Bergkristall und mein Auge, wir haben die gleiche Geschichte. Wenn ich von der wirklichen Erfahrung des Lebens spreche, führt mich das unweigerlich zu den Latschen, sandigen Böden und der Mittagssonne zurück. *Dann brauchst du noch:* hellwache Sinne und tiefe innere Ruhe. Und Zeit. Sitz einfach dort und lass die Dinge geschehen. Fühle, rieche, schmecke den Wind. Höre! Plötzlich – vorausgesetzt du hast nicht geschummelt und eine gute Portion Glück – *bist du selbst die Dinge!* Die Geräusche, der Wind, die Sonnenstrahlen, der Geruch. In diesem Moment erfährst du, was Leben heißt, erfährst du das wunderbarste der Wunder. Du wirst nie wieder die alten

Buchhalterfragen nach Sinn, Ziel oder Weg stellen. Wer das Wunder erlebt hat, ist an Fragen nicht mehr interessiert. Ich weiß, dass unsere Sprache leider zu schwach ist, um dieses Erlebnis angemessen zu schildern. Selbst wenn sie Komposition, Malerei, Gedicht und Tanz in einem wäre, würde sie vor dieser Aufgabe versagen. Jeder mittelbare Ausdruck muss versagen."

„Sehr bedauerlich, dennoch:

Manchmal
Wenn sich der Himmel dem Morgen öffnet
In hellem Blau und Rosa
Sprießen die Blumen
Und die Jugend verliert ihre Zeit
Und das Bier vom vergangenen Abend
Schäumt nicht mehr
Doch das Licht der Kykladen
Klärt alles."

„Apropos! Zwei Bier, Lovely. Nicht zu kalt."

„Wie immer anschreiben, vermutlich?"

„Budgetpolitisch sinnlos, im Übrigen aber ein liebes Ritual und darum doch von Bedeutung."

„Ihr seid ja nur verdammte Klugschwätzer, Tagediebe und Nichtstuer."

„Allerdings war es die herausragende Leistung der Herrschenden, in die Erbmasse der Völker einzumeißeln, dass sich schuldig mache, wer arbeiten könne, es aber vermeide. Ein an sich absurder Gedanke, aber seit Jahrhunderten Liebling der Mächtigen. Denen nützt er allemal – ob sie nun in Nadelstreif oder Soutane, in Uniform oder Kaftan an uns vorüberziehen."

„Euer Bier."

„Schenk dir doch auch eins ein."

Lovely machte sogleich einige Tanzschritte, zog Grimassen
wie ein Clown und sang in gebrochenem Falsett: „Alkohol
sucht Alkohol und tut wohl, ach so wohl!"
Sie applaudierten, Lovely versuchte einen Hofknicks.
„Er macht sich, trotzdem er ein Moralist zu sein scheint."
„Das ist er nicht. Er ist ein anständiger Kerl."
„Dennoch: ihr seid alle in einem Topf gekocht und aus einer
Suppe gezogen."
„Und in den Wolken schwamm ein Hammerhai vorbei."
Lovely taumelte herein. Auf seiner Stirn balancierte er eine
Beule. Eine treue Beule, die ihn auch nicht verließ, als er auf
die Knie sackte und nach hinten wegkippte. Lucky sprang in
den Raum, zwei Schießeisen in den Händen, mit denen er
wild herumfuchtelte. Offenbar hatte er schwer geladen.
„Gottverdammte Tunten!", brüllte er. „Euch wollte ich schon
lange eine Ladung aufbrennen!"
„Hat es wirklich mit Gott zu tun und der Schönheit des
Absurden?"
„Ihr aspermatischen Hurensöhne!", fluchte Lucky. „Es wäre
das Beste, wenn ich euch auf der Stelle umlegen würde. Ich
schwör's, ich täte es auch, wenn ich nicht wüsste, dass der
verrückte alte Sweeny, irischer König der Vögel, es mir zur
Schande gereichen ließe!"
„Der gute alte verrückte Sweeny ist in Ordnung. Das sage ich
jedem, der mich danach fragt."
„Du machst mir nichts vor?"
„Bookolabras sei mein Zeuge!"
Lucky warf besänftigt die Kanonen weg und zog ein Päckchen
Karten aus der Hosentasche.
„Also denn, spielen wir Rummy."

Le coer

Er hatte kein Zeitgefühl mehr und war sicher, dass es mit dieser Straße zusammenhing. Es war eine seltsame Straße. Er machte ihre Aura dafür verantwortlich, dass seine Uhr sich so verändert hatte. Nicht äußerlich verändert. Es war immer noch eine Uhr, sie tickte und ihre Zeiger bewegten sich. Dennoch schien sie von einem Dämon befallen. Sie hatte den Verstand verloren. Der Geist der Regelmäßigkeit und des Gleichmaßes war aus ihr gewichen. Der Dämon zerstörte die ruhige Bahn ihrer Zeiger. Er ließ sie ruckhaft voranschreiten, dann wieder stillstehen, Bocksprünge aufführen und Schlafperioden einschalten, er beließ ihnen nicht einmal ihren Mittelpunkt noch ihre feststehende Länge. Es war, als folgte seine Uhr nicht mehr den Regeln der Newtonschen Physik, sondern nur noch jenen des Chaos, des Urgrundes, der Welt vor Gott. Der Welt vor Gott, eine seltsame Straße.

Er hatte keine Ahnung, wie er hierher gelangt war. Er wusste nicht, wie er hieß. Er durchforschte sein Gedächtnis und stieß auf eine Nebelbank, die seine bisherige Existenz auslöschte, als wäre er niemals gewesen. Ein seltsamer Gedanke auf der seltsamen Straße: War er jemals gewesen? Gab es einen Beweis dafür? Es gab nur eine Schlussfolgerung. Er musste gewesen sein, irgendwo, irgendwie, weil er in diesem Moment war. Er existierte, er dachte, er war sich seines Menschseins bewusst.

An sich hinabblickend betrachtete er seinen Körper; es war der Körper eines ausgewachsenen, gehenden Mannes. Er befühlte sein Gesicht. Stirn und Wangen waren glatt, das Kinn sanft rau wie einige Stunden nach der Rasur. Er schritt weit aus, seine Bewegungen waren geschmeidig. Er rannte eine Strecke, die er weder zeitlich noch nach Metern messen konnte und atmete danach kaum schneller. Das Laufen strengte ihn nicht an. Er war bestimmt nicht alt. Nur erinnerte er sich nicht daran, nicht alt zu sein. Vielleicht würde seine Kleidung einen Anhaltspunkt ergeben. Er trug einen leichten

Anzug, Hemd, Krawatte, Lederschuhe; ungewöhnliche, schwer zu beschreibende Farben, ein wenig opalisierend. Seine Taschen waren leer bis auf ein Stoffrestchen. Ein Stoff von anderer Beschaffenheit als der des Anzugs, feiner und heller. Das Restchen war ohne Sorgfalt, fast auffallend sorglos, aus einem größeren Stück geschnitten worden. Er führte es an seine Nase. Es duftete. Aber sein Gedächtnis reagierte nicht. Ein wenig ratlos steckte er es ein und ging weiter.

Irgendwann müssen doch auch seltsame Straßen ein Ende finden. Diese Straße trennte in einer perfekten schnurgeraden Linie eine perfekte Ebene. Die Linie war schwarz, die Ebene weiß. Beide waren makellos, ohne Anhaltspunkt für das Auge. Hätte er sich einige Male auf der Stelle gedreht, es wäre ihm unmöglich gewesen zu sagen, aus welcher Richtung er gekommen war. Plötzlich machte er eine Entdeckung, die ihn erschauern ließ: Es gab keinen Horizont! Wir sind trennende Linien gewöhnt. Trennung ist Ordnung. Doch hier gab es keine Linie außer der seltsamen Straße. Ebene und Himmel, wenn es Himmel war, unterschieden sich in nichts. Er hätte sich innerhalb einer weißen Kugel bewegen können, aber dagegen sprach die Straße. Sie lief endlos und schwarz dahin und verlor sich in weiter Ferne. Wenn es sich wirklich um das Innere einer Kugel handelte, dann war die Kugel unglaublich groß.

Die Ebene war glatt und makellos und so weiß, so unwirklich weiß. Niemals hätte er gewagt, sie zu betreten. Die seltsame schwarze Straße trennte sie bedingungslos, so unwiderruflich und endgültig, dass es schmerzte. Abrupt blieb er stehen und schrie. Doch er hörte seinen Schrei nicht. War er überhaupt stehengeblieben und hatte geschrien? Mit weit ausholenden Schritten eilte er dahin. Dann sah er die Tafel. Sie stand in einiger Entfernung am Straßenrand. Sie sah aus wie ein gewöhnliches Verkehrszeichen. Was mochte ein Verkehrszeichen hier regeln? Er wurde langsamer und langsamer. Die Tafel stand neben der Straße, aber doch nicht in der Ebene. Sie stand an der Grenze, haarscharf auf der Grenze, eigentlich hätte sie zur Hälfte der Straße, zur anderen Hälfte der Ebene angehören müssen. Doch sie gehörte niemandem an. Es war ein Vorrangzeichen. Er lachte. Wer hatte schon von einem Vorrangzeichen gehört auf einer schnurgeraden, einsamen Straße? Es war wirklich eine seltsame Straße. Und mitten in sein Lachen hinein veränderte sich das Schild.

Im Zentrum des weißen Dreiecks geschah etwas. Es verfärbte sich. Es rötete sich. Ein roter Fleck bildete sich. Aber die Veränderung beschränkte sich nicht auf die Fläche der Tafel, sie wölbte sich vor und wurde plastisch. Der rote Fleck wurde zum roten Klumpen. Der Klumpen wurde tiefrot und begann zu pulsieren.

Es war ein abstoßender und doch zugleich anziehender Anblick. Er kam näher und erkannte das Herz. Ein freischwebendes, pulsierendes Herz inmitten eines Vorrangzeichens! Verrückt, vollkommen verrückt. Und doch war er nie klarer bei Verstand gewesen. Man könnte meinen, die Nebelbank in seinem Gedächtnis hätte ihn daran gehindert, solche Vergleiche anzustellen. Das stimmte auch. Trotzdem wusste er, dass er nie zuvor bei besserem Verstand gewesen war und dass er sich seines Verstandes nie zu schämen gehabt hatte. Nebenbei bemerkt dachte er darüber keinen Augenblick lang nach. Er stand vor der Tafel und starrte auf das Herz. Und urplötzlich erzitterte er bis ins Mark und sprang zurück. Ein dicker Blutstrahl hatte ihn direkt ins Gesicht getroffen. Das Blut war lau und drang in jede Pore seiner Haut, drang unwiderstehlich durch die Haut und wurde aufgesogen wie von einem Schwamm, der die winzigen Ejakulationen von Korallenblüten trinkt. Er begann zu laufen und die Barriere, die die Tafel vorher gebildet hatte, wich zurück und er lief und lief. Als er stehenblieb und sich umsah, stand die Tafel nicht weit hinter ihm. Sie hätte längst verschwunden sein müssen hinter dem Horizont, den es nicht gab. Anstelle des Herzens ragte eine große Hand aus dem

Vorrangzeichen. Sie ballte sich zur Faust und löste sich wieder. Mittlerweile war die Handfläche blutbefleckt. Ein undefinierbares Etwas fiel zu Boden und verschwand. Kurz darauf verschwanden auch Hand und Tafel.

Er wischte sich über die Augen und betrachtete seine Hände. Sie waren dunkelrot und klebrig.

Er schritt weit aus auf der seltsamen Straße und seltsam beschwingt fühlte er sich dabei. Jeder seiner weiten Schritte hinterließ dunkle Flecken auf dem schwarzen Band. Jeder Fleck trocknete, aber nichts entwich nach außen. Kein einziges Molekül entkam und beschmutzte die absolute Weiße der Ebene. Er zählte seine Schritte. Er zählte tausend, hunderttausend, hundert Millionen. Er griff in die Tasche, um das Stoffrestchen zu befühlen. Er griff in seinen Körper und ertastete seine hohle Brust Und wieder erschien das flammende Warnzeichen am Straßenrand. Das Herz war scharlachrot und viel größer, sein Pulsieren bedrohlich, geradezu gewalttätig. Ohne Zögern lief er darauf zu. Ein mächtiger Blutstrahl durchdrang sein Lachen, mild wie warmes Gas. Tafel und Herz verschwanden. Man wurde nicht müde auf der seltsamen Straße, im Gegenteil. Er fühlte seine Kraft wachsen und gewöhnte sich an den Gedanken der Unendlichkeit. Der Gedanke stählte seine Sinne. Die weiße Atmosphäre fand er berückend schön. Sie war berückend schön. Fast unmäßig freute er sich auf den Moment, in dem er seinem Herzen wieder begegnen würde. Ob auch Hand und Faust ihm gehörten? Er blickte an sich hinab und sah seine Hände. Sie waren meilenweit entfernt, klein und zart. Die Füße in den Lederschuhen, die er liebte, sah er schon nicht mehr. Er erhöhte das Tempo. Er liebte die seltsame Straße. Träume drangen in seinen langen Marsch. In makabren Flüssigkeiten getränkte Träume, Träume von harten Spicknadeln, die sein Herz durchbohrten und duftende weiße Speckstreifen zurückließen. Das Stoffrestchen fiel ihm ein. Er fand es und roch daran. Es stank nach Verwesung. Er wollte es von sich schleudern und merkte, dass es sich nicht wegschleudern ließ. Es haftete an seiner Haut, an dem blaugrünen, nassen Gewebe, das seine Haut gewesen war. Gewesen, verwesen, lange vor Gott, du seltsamer Pfad. Er beobachtete seine Auflösung. Er griff sich an den Kopf und fühlte leere Augenhöhlen, den grinsenden Totenschädel, die blanken Knochen. Ganz ohne Zweifel war er tot. Es überraschte ihn nicht so sehr, wie man annehmen mochte. Insgeheim hatte er längst mit dem Gedanken gespielt. Aus dem Spiel war ihm Gewissheit erwachsen, die einzige Gewissheit seines Lebens und Sterbens: Er war ermordet worden. Nicht, dass es darauf ankam. Dennoch vermisste er nun sein Herz. Allein sein Herz hätte ihm den Namen des Mörders verraten. Nicht, dass es darauf ankam. Keineswegs. Weit ausschreitend stürmte er voran. In voller Auflösung brauste er dahin. Vermutlich hatte die seltsame Straße doch kein Ende. Der Anzug zerfiel, das Leder der Schuhe zerkrümelte. Er hatte sie gemocht und verlor keinen Gedanken daran. Leicht und federnd war sein Gang. Es gab kein Unglück.

Die weiße Ebene entrollte die Straße vor ihm, der weiße Himmel fraß sie hinter ihm. Großer, nackter Stolz umhüllte seine schimmernden Knochen. Wie ein weißleuchtender Gott eilte er fliegendes Fußes die seltsame Straße entlang. Ein weißleuchtender, ermordeter Gott auf dem Weg in die Unendlichkeit. Ein weißleuchtender, ermordeter, lachender Gott.

Weitere Bergmann-Krimis:

Der Berufserbe – Chefinspektor Falks Sündenfall
Wie weit darf ein Polizist gehen, der von der Schuld eines
Mannes überzeugt ist, ihn aber nicht vor Gericht bringen
kann?
Chefinspektor Falk, leitender Ermittler der Kripo Klagenfurt,
übernimmt einen scheinbar unspektakulären Fall. Ein
pensionierter Rechtsanwalt bricht sich bei einem Sturz auf der
Kellertreppe das Genick. Fremdverschulden scheint
ausgeschlossen. Bis ein anonymer Brief eintrifft, der auf das
ungewöhnliche Sexualleben der 30 Jahre jüngeren Gattin des
Opfers hinweist. Falk stattet ihr einen Besuch ab, der ihn
rasch in die weitverzweigten und ziemlich stacheligen Netze
einer wohlhabenden Familie führt. Über zwei Jahrzehnte
hinweg zog einer ihrer Angehörigen Erbschaften an wie ein
Magnet. Ein Zufall?
Der Chefinspektor riskiert sehr viel, um diese Frage zu
beantworten.

Der gelbe Gladiator – Chefinspektor Falks Fingerfall
Auch Kriminalbeamte kämpfen mit den Tücken der Liebe und
mehr noch mit jenen der Bürokratie. Chefinspektor Falk
kommt ein neuer Fall nicht ungelegen. Beim Entrümpeln
eines Dachbodens finden Arbeiter ein Schmucketui. Drinnen
liegt ein mumifizierter weiblicher Finger. Prof. Norobosco,
führender Forensiker in Klagenfurt, meint, dass er vor fünf bis
zehn Jahren abhanden gekommen sein müsse. Abhanden. Der
Professor mag solche Wortspiele.
Falk macht sich auf die Suche nach der dazugehörigen Frau.
Das erweist sich als schwierig. Dann wird im selben Haus ein
Doppelmord begangen. Der Finger tritt in den Hintergrund,
doch Falk ist klar, dass zwischen beiden Fällen ein
Zusammenhang besteht, der ihn auf die richtige Spur führen
wird.

Die Melodie der Walnuss – Chefinspektor Falks Hexenfall
Chefinspektor Falks Ex-Kollege Lacher stößt bei einem
Waldspaziergang auf eine grausam zugerichtete Frauenleiche.
Rasch stellt sich heraus, dass die Tote Jahre zuvor als vermisst
gemeldet worden war. Ermordet wurde sie aber nur Stunden
vor ihrer Entdeckung.
Wo hielt man sie gefangen?
Warum taucht sie jetzt auf, nachdem längst niemand mehr
nach ihr suchte?
Ausgerechnet Lacher hatte den Fall damals bearbeitet. Woher
stammen seine Erinnerungslücken?
Diesmal bekommt es Falk mit einem Serienmörder zu tun,
der seine Opfer nicht einfach aus einer perversen Lust heraus
entführt, foltert und tötet, sondern damit auch eine rätselhafte
Botschaft übermitteln will. Es erleichtert die Aufgabe des
Chefinspektors nicht, dass sein Freund scheinbar tief in den
Fall verstrickt ist.

Das Möbiusband – Chiara Fontana
Wie harmlos kann ein Ereignis sein, das unübersehbare, fatale
Folgen nach sich zieht? Nun, so harmlos wie ein
Sonntagsausflug zum Beispiel. Chiara und ihr Freund Antonio
entdecken nahe Florenz eine Skulptur mit bemerkenswerten,
fast beängstigenden Fähigkeiten. Rasch interessieren sich
dafür höchst unterschiedliche Gruppen, die eine
Gemeinsamkeit aufweisen: Sie gehen so ungerührt über
Leichen wie brave Bürger über ein Holzbrückchen im Park.
Aber auch brutale Mörder erleben in diesem Fantasy-Thriller
ihre wahren Wunder – wenn auch meist nur für sehr kurze
Zeit.

Tore des Bösen

Das Dorf am Rande des Hügellandes, mit seiner kleinen Kirche und den beiden Gasthäusern kaum den Punkt auf der Landkarte wert, war zu neuem Leben erwacht. Doch einer seiner Bewohner hat schlimme, blutrünstige Träume. Er leidet und schweigt. Nicht jedes Schweigen ist Gold. Dennoch geht vorerst alles seinen gewohnten Gang. Dann verschwindet ein Mädchen und kurz darauf beginnt eine Mordserie, die keinen Stein auf dem anderen belässt. Tore des Bösen öffnen sich dem Leser. Liebe, Leidenschaft, Verschlagenheit und uralter, aus längst vergessenen, dunklen Quellen genährter Hass sind die Elemente dieses ungemein spannenden Thrillers. Ein Genuss für alle Freunde des Genres, ein Muss für alle Vertrauensvollen, die ihre Wohnungstür gelegentlich noch unversperrt lassen. Prädikat: Wertvolle Nachtlektüre!

Gates of Evil

Englische Ausgabe von Tore des Bösen.

Die Leiche ist halb durch

Für einen Typen, der Jingle Bell heißt, ist das Leben nirgendwo einfach. Aber ich liebe es.
Eiswürfel im Whisky liebe ich nicht. Trotzdem dachte ich, alles darüber zu wissen, was man halt so darüber wissen kann. Aber dass man mir im Herzen Monakrees einen angebratenen Eiswürfel serviert – das ist mir noch nie passiert.
Da muss ich mich wohl auf die Socken machen, ist ja mein Beruf als Schnüffler, und ich stoße auf schöne Frauen und üble Gangster.
Verdammt schöne. Verdammt üble.

Das Massengrab hat Hunger

Diesmal geht es ordentlich rund in Monakree, der Stadt des tanzenden Hahns. Eine Serie von Anschlägen erschüttert die chemische Industrie. Ich bin der Einzige, dem die Bosse eine Lösung zutrauen. Dabei stecke ich selbst in einer Krise. Sie heißt Theo und ist mein neuer Partner. An meiner Bürotür steht nun Bell/Torpedo statt Jingle Bell.
Trotzdem ziehe ich los, um die Dinge zu regeln. Das macht ein paar Leute richtig bösartig. Sie wollen mich eiskalt abservieren. Eiskalt ist durchaus im Wortsinn zu verstehen. Aber da geraten sie an den Falschen.

www.peter-bergmann.at